U0054866

二手夫人

李榮榮 著

鳴謝
林麗貞和黃佳韡二位好友
給予的莫大鼓勵、支持和誠摯的幫助

目次

Chapter 1

從賢妻良母到二手夫人

　　二〇〇九年的春末夏初季節，西方世界經濟處於垂死掙扎，英國和歐洲時裝界的巨頭們拼命要挽回危機局面，都在互相競爭，搶先佔領倫敦、巴黎、羅馬等時裝市場。在這裡時間便是生命；機會就是金錢；顧客就是上帝。整個歐洲時裝業的老闆、董事長、總經理們，把精力和目光都集中到了倫敦市中心的時裝藝術宮。在這裡，春季時裝表演大賽和夏季新款式時裝發佈會即將開幕。

　　英國積佳時裝有限公司的總經理辦公室裡，總經理剛剛宣布散會。秘書跑來對總經理說：「奎登先生，您的個人電話，是韓德森女士打來的，已經是第三次了。」

　　「什麼？哪個韓德森女士？我記不起我還有個韓德森女士的朋友。」

　　秘書解釋著：「我給倫敦大學東方語言學院的前任院長和他的太太，小說《苦瓜心兒》的作者，著名華人小說家韓德森夫婦發了邀請函，不知道是不是那位作家韓德森太太。」秘書告訴奎登先生。

奎登先生拿起電話筒說：「午安，我是方斯‧奎登（Francis Creighton），我能幫妳什麼？」

從電話的那邊傳來華人婦女的聲音說：「您好！奎登先生，我是莎樂特‧韓德森（Charlotte Henderson）。謝謝您給我們寄來的觀賞時裝表演的邀請函。」奎登先生有些不解與不耐煩：「妳是……哪個韓德森，我能為妳做什麼？」

「奎登先生，我是沙玉花，二十幾年前在天津服裝加工廠，我曾經給您當過翻譯，您一定會記得起給你當翻譯的沙玉花吧？我二十年前來英國的時候，把中文名字改了，所以現在我的名字叫莎樂特‧韓德森。」莎樂特在電話裡給奎登先生解釋了她的身份。

奎登先生明顯地遲疑著在自己的記憶裡找尋這個現在叫莎樂特‧韓德森，以前叫沙玉花的人，她還自稱是自己在天津工作時的翻譯。

「我記起來了，沙玉花（Sand Jade Flower）當然，妳說妳現在叫什麼莎樂特‧韓德森？妳不是那個專門寫自己國家裡的黑暗、醜陋、鮮為人知的陰暗面，專門罵共產黨，專門讓你們的政府尷尬出醜，那本絕對著名於世的《苦瓜心兒》小說的作者莎樂特‧韓德森吧？」

「我當然就是莎樂特‧韓德森，也就是你剛說的小說家，如果你願意這樣稱呼我的話，叫我莎樂特吧！」電話裡的女子流利、自豪地告訴奎登先生。

「對不起，我不知道妳已經早就來到了英國，並且成了小說家莎樂特‧韓德森。妳怎麼像魔術師一樣，把我給弄懵了。」奎登先生即爽快又幽默地問電話裡的女子。

二手夫人

莎樂特解釋說：「是我應該向您說一聲對不起，我該早些向您講清楚。可是，這二十年來，我的生活有很大的變化，我已經與我中國的丈夫離婚了。」

　　「相信妳是這樣做了，否則，妳怎麼能成了韓德森太太呢？」奎登先生繼續風趣地與莎樂特交談。

　　莎樂特稍微停頓了一下，又接著說：「你還能記得我們的婚禮嗎？」莎樂特遲疑地問奎登先生。

　　奎登先生不加思索就答應道：「當然我記得妳的婚禮，就像昨天一樣清楚。跟妳和妳丈夫一樣，我當時也被你們的家人和朋友給灌醉了！」

　　電話裡的女人的聲音繼續講：「我跟他有個兒子，你和你的太太來北京的時候，都見過我們的兒子，他現在正在牛津大學讀法律；我離婚後，跟倫敦大學的東方語言學院的院長漢學教授結了婚。」莎樂特給迷惑的老朋友解釋著。

　　奎登先生好像是恍然大悟又符合哲理地推測著說：「當然是這樣，那位倫敦大學的東方語言學院的漢學教授，學院前任的院長韓德森先生，就是他幫助妳莎樂特著書立說。他是妳聞名天下和飛黃騰達的天梯，我明白了，太棒了！妳幹得真是精明出色！棒極了！與往日給我做翻譯一樣，實在是令我佩服！太了不起！怎麼樣？今兒晚上能和妳先生一起來光臨？歡迎你們來觀賞我們的時裝大賽表演和香檳酒招待會。我突如其來的沙玉花小姐，不，不，應該是尊敬的韓德森太太還是尊敬的韓德森女士？不管怎樣稱呼妳，我可要洗耳恭聽你的全部故事。晚上見！」奎登先生放下電話機。

二十年多年前的一九八六年，二十六歲的沙玉花，父母都是國家的老幹部、人大常委委員。玉花在北二外畢業後與父母老朋友的兒子，一位後起之新星，即將被提拔為天津市副市長的宋中國結為夫妻。那時，方斯·奎登先生正在代表英國積佳時裝公司與天津服裝廠洽談建創聯合生產西裝生產線的合資企業，從談判到引進西德和英國的機器設備，從中方高級管理人員來西方考察培訓到對引進設備的安裝，再到招收和培訓當地的縫紉女工、裁剪男工、設備維修技術員等等，都是由奎登先生負責，他駐紮在天津，親自督促和動手協助完成全部工作。為此，方絲·奎登被評為優秀外國專家，得到國家最高領導人在人民大會堂裡的接見和頒發的優秀外國專家證書。在那以後，奎登先生還特地被外專局邀請參加了中華人民共和國建國四十周年的大型慶祝國宴招待會。整個在天津工作的過程，方斯·奎登都有沙玉花給他當翻譯員，用方斯·奎登自己的話說：「玉花是我的眼睛、朵、嘴巴和手，她英文流利，工作勤奮好強，人也聰明，反應快並且有心數，臉上還總是有著既可愛又友好的微笑，不是像其他許多人那樣，總是掛著階級鬥爭一樣的面孔，好像要把我們這些有資產階級思想和資本主義生產意識，來自資本主義國家的人，統統地要用吸塵器吸掉一樣；當他們的臉上終於有了微笑的時候，你會覺得他們是在把你想像成你拉的屎都能變成黃金的聖人；或是他拍拍你的肚子，就可以從你的肚臍眼兒裡向外流大米一樣的胖佛爺。」

　　在斷斷續續兩年的天津建廠生活中，方斯·奎登和玉花建立了友好默契和特殊的關係。在那段時間，一九八七年的初春，方

斯‧奎登被邀請參加了沙玉花和宋中國的婚禮。這是方斯‧奎登第一次參加中國人的婚禮，他們的婚禮儀式沒有在教堂也沒有在婚姻註冊所舉行，而是在一家地下酒店的俱樂部舉行的。先是沒有人給方斯‧奎登當翻譯，但是，他能猜得到那些重要人物一個接一個的，就像是西方牧師那樣的講話。接下來就是方斯‧奎登不用翻譯也能明白和參與的大吃大喝的喜慶宴會。

在喜酒宴席桌上，方斯‧奎登被中國的茅臺酒給灌醉了，他後來才知道，自己喝醉了以後，就到處找吸塵器，終於找到了吸塵器以後，就不斷重複著說：「我一定要把所有的資產階級分子和資本主義思想全部吸到吸塵器裡去。」那會兒，幸好沒人明白他要做什麼，與他一起從英國來的女同事，不肯喝任何中國人的「火汁」酒，才能一直保持清醒的頭腦，在事後把真相告訴了他，他才為自己的行為感到非常的尷尬和好笑。可是，就是這種日子，才是方斯永久留在自己記憶中的美好時光。

一九八九年中國建國四十國慶大典，方斯‧奎登先生以優秀外國專家的名譽，接受國家外國專家管理局的王多經主管和局長的專門邀請，特地從英國再次到北京，參加四十年國慶大典招待會。方斯‧奎登先生還特別鼓動了自己的太太一起前來。因為，她不喜歡長時間地乘坐飛機、也不喜歡去歐洲以外的地區和國家旅行。只是為了討方斯‧奎登先生的開心，才同意從英國乘飛機來到中國參加中國建國四十年國慶大典的國宴。這次方斯‧奎登先生的翻譯是有外交部和外專局提供的。

國慶的活動還包括參觀故宮、長城、頤和園等旅遊勝地。當方斯‧奎登先生帶著太太再次見到沙玉花的時候，她已經有了一

個天真可愛、咿咿呀呀學語的小男孩了。沙玉花也轉到了另外一家合資企業工作，她的英文顯然進步不少，她滿懷自信地告訴方斯・奎登先生她自己正在等待公派出國留學考試的成績報告通知單，希望能到英國或者是美國拿到一個碩士或博士的學位。奎登太太漫不經心地問她如果她去國外學習、深造，孩子和丈夫由誰來照管，玉花不假思索地告訴她，媽媽和婆婆會爭著給她帶孩子，剛剛當上副市長的丈夫，巴不得她能出國鍍金，好給他更多的時間在他的辦公室裡「抓革命、促生產」，他們也都知道自己有了丈夫和孩子，就像是被牽制住的風箏，不管飛出多遠，總會被人家一收線，就拽回老家來了。她的話把奎登夫婦倆兒都給逗笑了。

奎登太太還是告訴沙玉花說：「我可做不到離開孩子和丈夫，去那麼遠的地方學習，我想像不到自己該承受怎樣的滋味。祝妳好運吧。」從那以後，奎登先生再沒有任何沙玉花的消息，直到那天的那個電話。

＊　　　　＊　　　　＊

沙玉花順利地拿到了「國家公派到英國學習」的證書，很快她就收到了攻讀英國文學碩士學位的入學通知書和獎學金，她在一九八九年十一月從北京啟程，搭乘飛機至英國的諾丁漢大學攻讀英國文學碩士學位。在飛機上，她的腦海裡不斷地重複著一首歌：

……人居天地間，似蟻幾千萬，唯我孤自離群，眼淚一
把濕衣衫，……有日定會回返。

　　這一年在英國，她渡過了自己有生以來的第一個耶誕節，嚐
到了遠離親人、愛子和朋友的孤獨與無奈的苦滋味。

　　轉眼一九九○年的春節就要到了，她決定要讓自己的學習生
活更愉快和輕鬆。那時的公派留學生，不光有享受獎學金，也享
受有中國大使館教育處的關心和幫助。

　　當時的教育處主管老師王錦遂、丁武寶負責倫敦和周圍地區
的學生工作。大使館的教育處駐地裡有許多中國的圖書、雜誌、
畫報；還有中國的樂器古箏、琵琶、二胡、揚琴、笛子等，週末
還會放映中國的最新影片。那裡的老師通知沙玉花來使館參加一
年一度的留學生春節聯歡晚會，借此機會，她便自告奮勇為晚會
出演中國傳統的古箏獨奏的節目。

　　在英國很少有機會欣賞到中國樂器的演奏，她在留學生春節
聯歡會上的獨奏，得到熱烈的歡迎和好評。她馬上被推薦給中國
大使館負責組織當年迎春招待會的工作人員。一年一度的中國大
使館迎新春招待會是為倫敦上層人物和各國使館的大使和伉儷舉
辦的。

　　沙玉花身穿傳統的素花絲綢旗袍，長長的黑髮晶瑩地披散
在左肩，輕妝淡抹出水芙蓉般娟秀；坐在古箏後面以其主人的
姿態對著貴賓微笑，還沒等她奏曲，便讓她那傳統的東方秀女
才有的美麗和魅力把許多人給吸引住了，待她舞動著纖細的
手指，在古箏上奏出委婉動聽地悅耳的音符時，幾乎在場的

所有貴賓都陶醉在這充滿了東方特有韻味之神秘與美的情調中了。

　　人類自從有了社會以來，男人們就是為了女人的色、國家的權和金錢而動心、掙扎較量，乃至發動戰爭。在這個國家大使館高級官員招待會上，能到此來的官員、貴賓、使節對以上三項大多都已經佔全了。但是對其中的某種人，貪心、貪色與貪婪的欲望永遠是無止境、無盡頭，不管是男人還是女人，貪婪不僅能使一個人輕易地改變自己的名字，也能讓人背判和出賣自己的靈魂及一切、改變人的本性、甚至變成連自己都不敢真正地面對自己、更無法面對自己的祖國和家裡的親人，最後變成一個空空的遊魂。

　　沙玉花演奏完傳統的古箏獨奏古曲《春江花月夜》以後，全場貴賓鼓掌稱讚，小姐給貴賓們送上了香檳美酒，中國大使在夫人的陪伴下，邀請與會者共同舉杯歡慶新春。一九九○年的慶新春雞尾酒會正式開始。

　　沙玉花起身離開古箏後，自有紳士們一個接一個地為她送上酒水飲料，相爭與她攀談中國的音樂、樂器、文化、藝術與時裝等等。沙玉花在國內做翻譯工作時，已經應酬過許多這樣的場合，她現在可說是「久經沙場」的老手。她一會兒與某國大使館的常駐英國大使聊天，一會兒又和某大使的太太說笑。就在她操著流利的英文如魚得水興奮交談之際，有一位學識淵博兼且文質彬彬，講一口帶有地道北京口音的流利普通話的中年男子走了過來。他先奉承了一番沙玉花的美曲和服裝，又介紹了他自己是倫敦大學東方語言學院的院長、中文系漢語文學

教授，再十分關心地問沙玉花所學習的專業和下一步在英國發展的設想。

　　沙玉花沒多想便順水推舟有心無心地聽對方講倫敦大學東方語言學院的中文系是如何培養碩士生和博士生，如何幫助學生找到和拿到獎學金，如何鼓勵學生報考和研究馬上就要騰飛起來的中國文學和中國文化。聽著聽著，沙玉花心裡一動，她想，在別人的國家裡學習研究自己中國的文學文化，肯定比在別人的國家裡學習和研究別人國家的文學和文化容易多的多，也許自己應該問明白，以便能考慮得更詳細一些。就在這會兒，這位漢學教授年輕的荷蘭太太走了過來，禮貌地與玉花打了招呼。爾後，就打斷了自己的丈夫與沙玉花的交談，示意時間不早了，有人已經開始離去了。

　　這位漢學教授把自己的名片拿出來，用雙手的拇指和食指掐著，恭恭敬敬地對沙玉花說：「妳為何不考慮研究和寫作中國文學？有時間就來我們的系上看看聊聊吧。」他很有禮貌地遞上了他自己的名片。

　　沙玉花高興地收下名片，仔細地看了看名片上的名字說：「謝謝您，韓德森教授，我肯定會去拜訪和打擾您。」

　　這位漢學教授馬上接著說：「我會盼望妳的到來。」然後主動伸出手來，與沙玉花握手道別。韓德森太太沒有與沙玉花握手，但是她一直含著微笑非常有禮貌地跟沙玉花道別。韓德森夫婦就離去與其他貴賓打招呼說再見去了。

　　一九八九年，北京「六四」運動的風波仍然衝擊著倫敦的中國駐英國的大使館，一些各國各界人士和華人專門喜歡在大使館

有正式外交活動的時候，聚集在使館大門外請願示威。不久以前，中國使館內部也出現了使館人員趁機出逃事件。當然，這個中國的新春佳節招待會肯定不會被這些人給錯過。

那會兒，中國大使館的正門的外面聚集了許多請願、抗議、示威和湊熱鬧的中外人士。這就不能不讓中國大使館的大使和堅守崗位的使館工作人員有過分緊張和不安的心理，他們真是得要強裝笑容，把這次歡慶新春的招待會，當作重要的政治任務來完成。

招待會是從晚上七點至九點，示威的人士從上午開始在使館外面集合，到招待會開始時，人已經越聚越多了。在大使館裡工作的人員，每人心裡都在為當晚的國家級來賓的安全捏著一把汗；英國員警除了出動全副武裝的防暴力員警特工隊隊員以外，還加派了許多便衣保安人員，以保證參加中國大使館晚宴的其他國家大使館的大使官員和重要人物的人身安全。所以，晚宴結束的時間一到，所有的人又開始繃緊神經，迅速從側門安排重要人物離開大使館，大家都希望能萬無一失，圓滿完成這次政治性的慶祝娛樂活動。

由於重要人物們都安全迅速地從後門和側門出了大使館，使館外面的示威請願者仍然沒有散去而且情緒越鬧越高，沙玉花不敢輕易出去露面，當晚就留住在大使館工作人員的宿舍裡。

隔天是星期天，她在大使館吃了到了英國很少吃到的大米粥和油條的早餐，在餐廳裡她找到了工作人員，瞭解了外面的示威者已經散去，確認是安全無慮後才去了火車站，搭上返回自己的學習住地諾丁漢的火車。

二手夫人

那年春天的復活節，沙玉花學校有兩個星期的假期，她決定利用假期去倫敦玩一玩，順便去倫敦大學的東方語言學院拜訪系主任同時也是漢學教授的湯瑪斯・韓德森（Thomas Henderson）先生。

　　沙玉花在往倫敦的火車上，仔細想了自己要怎樣跟湯瑪斯・韓德森教授交談，怎樣才能弄明白自己是否可以從攻讀英國文學碩士改讀中國文學碩士？可不可以和如何才能拿到獎學金？如果前兩個辦法都不成，自己可不可以在拿到英國文學碩士學位後再來攻讀中國文學博士的學位？而自己的簽證和生活費用怎麼辦？自己又怎樣講自己在中國的家裡有一個幼子和丈夫在等候自己的歸返。她左思右想，火車就快到倫敦的王子火車站了，她還是沒有想好，沒有答案。最後，她決定先不要告訴自己孩子和家人的情況，一切都要看機會來把握了。

　　沙玉花來到倫敦後，買了地鐵火車票，先去了大英國家博物館、泰特美術館與蠟像館玩了一大圈。晚上，來到中國大使館的教育處學生宿舍，和幾位也來倫敦玩的中國女留學生分住在一個房間裡，大家互相交流來英國學習的感受和經驗，又互相交流了在倫敦去哪裡玩，去看什麼和怎樣去。她最喜歡來教育處小住，因為在這裡可以吃到可口的家鄉飯菜，還可以從同學那裡學到許多常識和知識，更可以講普通話和看中文電影，況且非常便宜，一天一宿加早餐才收取學生五英鎊的錢！

　　沙玉花知道到怎樣去倫敦大學的東方語言學院最方便，又給湯瑪斯・韓德森教授的秘書打了電話，她終於決定自己要面對湯瑪斯・韓德森先生了。她明白這是自己人生關鍵的一步，也許是

重要的一個轉捩點。她抱著大膽嘗試和失敗了也不會失去什麼的想法，去拜訪東方語言學院的湯瑪斯・韓德森教授。

*　　　　*　　　　*

　　湯瑪斯・韓德森先生，已經在倫敦大學東方語言學院當了近二十來年的教授了。六十年代末，七十年代初期，在北京大學攻讀漢語博士學位的時候，他曾經在北京、南京和上海都住過。

　　在北京學習和居住的那段時間算是最長，所以能講一口地道流利的北京話。他從中國回來後一直在倫敦大學的東方語言學院工作，他專門對中國的政治家和政府決策人的個人生活感興趣和有研究，也是英國政府首腦在中國事務方面採取措施和制定政策的參謀和顧問。他已故的父親是原英國著名的石油大王之一，早在牛津上學時，父親就為他在校園附近買了房產。七十年代末期，他的父母先後故去，他便繼承了父母的家產和財產，過上得意的自我陶醉的富裕生活。他很快賣掉了在牛津城裡的公寓，在牛津的郊外買了一幢豪宅大樓，在倫敦富人居住的西區也有購置私家住宅。他喜歡開英國自己生產的美洲豹汽車，典型的自我陶醉主意者。

　　他的第一任原配妻子瑪格麗特（Margaret Henderson）是他在牛津大學讀書時的同學。瑪格麗特的父母都曾經在牛津大學當過教授，瑪格麗特父親的好友是劍橋大學教授周瑟夫・尼寒姆（Joseph Needham），他是最早把中國的文化和科學翻譯成英文，對弘揚中國藝術、文化和科學技術，及其流入、傳播到英國

起了不可磨滅的重要作用，是一位對中國文化卓有研究和有著卓越貢獻的歷史性人物。

英國人對中國人的發明創造很早就發生了極大的興趣。英國劍橋大學的學報創始人，周瑟夫・尼寒姆（一九〇〇年至一九九五年），從一九五四年起就率領一個專門研究中國事務的工作團隊，隊員裡有中國人王菱幫助對中國進行系統、全面的研究和翻譯工作。他連續在劍橋大學的學報上刊登了七部有關中國科學與文化的研究成果方面的報告。直至今日為止，此研究機構仍然在以克里斯多夫・卡倫先生的親自主持下，繼續對中國的科學與文化進行系統性研究和翻譯工作。這七部有關中國方面的巨著，在英國的學術界擁有極高的學術威望，其著作也具有完全的權威性和實用性，可謂價值連城。

第一卷《Introductory Orientations》於一九五四年出版，主要是對中國東方文化科學的介紹；第二卷《History of Scientific Thought》出版於一九五六年，主要介紹中國的科學發展史和中國歷史上的科學思想；第三卷《Mathematics and the Sciences of the Heavens and Earth》出版於一九五九年主要介紹了中國的數學、天文學和地理科學的成果與成就。

在第四卷《Physics and Physical Technology》裡，主要介紹了中國的物理學和實用自然科學的工藝成果，此卷分成三大部分，一九六二年出版的第一部分，主要介紹了周瑟夫・尼寒姆先生和肯尼斯・諾賓森先生對中國的在物理學方面取得的重大的研究成果的翻譯與介紹。一九六五年又出版了此卷的第二部分，主要對是中國在機械工程方面的研究成果的翻譯及研究性的介紹。

在一九七一年出版了第三部分的內容，主要對中國的土木建築工程和航海造船業的重大成果的研究與翻譯，以及在這些方面的翻譯與研究的成果。周瑟夫・尼寒姆先生得到了他的中國助手王、陸二人的合作與幫助。

第五卷《Chemistry and Chemical Technology》主要介紹中國的化學成就與中國的化工工業的成果，在這第五大卷中，又分成了十三個部分，每個部分都詳細地介紹了中國在不同方面的研究成果。其中的第一部分是一九八五年出版的中國的紙張與印刷術；第二部分是周瑟夫・尼寒姆先生在一九七四年著成的《中華創舉與流芳百世》；第三部分是他本人對中國的歷史性研究的成果的報告；第四部分是一九八〇年出版的由周瑟夫・尼寒姆先生對中國的儀器設備與製造理論方面的翻譯與研究；第五部分是一九八三年出版的周瑟夫・尼寒姆先生對中國的生理學的轉換翻譯與研究的成果；第六部分是一九九四年出版的有關中國的軍事工藝方面的成果，即由周瑟夫・尼寒姆先生對中國的導彈和圍攻方面的成果的翻譯與研究；第七部分是一九八七年出版的有關中國在軍事工藝方面的成果與成就，由周瑟夫・尼寒姆先生著成的中國的火藥與焰火方面的成就；第九部分是對中國的紡織工藝成果的翻譯與研究成就；一九八六年出版的由戴額特・庫恩寫的有關中國的紡紗和棉織工業一書；第十二部分是對當代中國的陶瓷工藝的翻譯與研究的成果的報導，有諾斯・卡爾和乃究・武德在二〇〇四年著成有關此方面的著作；第十三部分是一九九九年由皮特・高樂斯對中國的採礦工業方面的翻譯與研究的成果的報告。

二手夫人

第六卷《Biology and Biological Technology》有六個大部分，主要是講中國的在生物學與生態學方面的成就的翻譯與研究的成果。第一部分是由周瑟夫‧尼寒姆先生在一九八六年寫成的有關中國在植物園方面的成果；第二部分是一九八八年由方斯‧波瑞寫成的有關中國在農業方面的成功；第三部分是由奎斯提‧丹牛在一九九六年寫成的有關中國的農林業方面發展的情況的報告；第五部分是有中國學者寫成的有關食品與發碎濟方面的成果的著作；第六部分是對中國的醫學方面的成就的翻譯與研究，這部著作是周瑟夫‧尼寒姆先生在晚年對中國研究的最後一部著作，由他的合作人，在他去世後的二〇〇〇年校正出版。

第七卷《The Social Background》，主要是研究中國的社會背景，第一部分是在一九九八年由克里斯多夫‧哈波斯米爾寫的有關中國的語言與邏輯方面的著作；第二部分是周瑟夫‧尼寒姆先生生前寫成的有關對中國方面總的方面的總結和其影射的範圍方面的著作，在二〇〇四年，由周瑟夫‧尼寒姆先生的合作者們，共同完成。

*　　　　　*　　　　　*

大學期間，瑪格麗特常常把湯瑪斯帶回家裡與自己的家人朋友們一起歡度週末。瑪格麗特常常幫助母親在廚房裡準備週末的中午正餐；湯瑪斯和瑪格麗特的父親，還有她父親的摯友周瑟夫，他們一提到中國的話題，就有說不盡的興趣，辯論不休的中

心要點。有時他們竟能為一個小小的問題爭論得面紅耳赤，也不肯放棄自己的觀點，直到瑪格麗特和她的母親把餐桌擺好，強令他們停止爭辯並上桌用餐才能止住他們之間的對中國問題的唇槍舌戰，也許是受瑪格麗特父親周瑟夫的影響，湯瑪斯決定大學畢業後繼續攻讀漢學的碩士以及博士學位。

瑪格麗特的父母對他們的未婚女婿十分讚賞，認為他是對中國事物有理想有主見、前程無量的新一代精英；湯瑪斯也把瑪格麗特介紹給他自己的父母，他們認為金髮碧眼年輕貌美的瑪格麗特和她的典型的英國大家閨秀氣質，能成為兒子湯瑪斯最好的妻子和他們孫兒的模範母親。他們兩家的父母也經常走動，一致認為孩子們大學畢業後就應當成親。

湯瑪斯要到中國繼續深造的想法得到雙方家長的稱讚和支持，自然，湯瑪斯的父母親出錢，瑪格麗特父母親出力。大學剛剛畢業，瑪格麗特和湯瑪斯就在瑪格麗特父母經常去的教堂裡完成了婚姻大事。湯瑪斯胸懷大志，要在研究中國、中國的文學事業上有所成功。

婚後不久，瑪格麗特的大女兒出生，二十個月之後，大兒子出生，兒子兩歲半的時候，他們的小女兒也問世了。湯瑪斯和瑪格麗特的孩子還沒有長大，湯瑪斯的父母就先後去世了。

湯瑪斯繼承家產，在牛津郊外和倫敦的西區買了房產，湯瑪斯已經完成了在牛津漢學院的碩士學位和博士學位的課程，在那期間，按照牛津大學的安排，他去了中國的北京大學，要繼續完成學位要求的全部學習內容。湯瑪斯的博士學位還沒有畢業，就拿到了在倫敦大學東方語言學院任教的職位，為了上下班工作方

便，他常常在週五才回家與妻子兒女相聚，周日晚上又返回去倫敦。他要在倫敦西區的房子裡，每週要住上五天。

在英國有許多人為了在倫敦市裡工作獲取高薪好他們能有足夠的錢來供養兩處房子，一處是提供輕鬆舒適愉快地鄉村生活給家眷；一處都是用來給自己在倫敦一周工作期間使用的房子。這樣做不但緩解了倫敦城市本身的交通繁忙，也避免了往返交通擁擠的不便。同時，為兒童能享受鄉村生活的安逸、在成長期間能有更大的生活空間、積累愉快的生活經驗提供了最好的條件。

瑪格麗特甘心情願當英國典型的牛津式賢妻良母，為丈夫熱衷的事業有成和職務上的不斷晉升，甘心做堅強的賢妻良母和支持丈夫事業的好太太。他們婚姻的前十來年，關係還是很好，夫妻感情如膠似漆。瑪格麗特一連在五年內生育了一男兩女；她情願自己帶大三個孩子，當然，瑪格麗特的母親給她很大的幫助。他們的每個孩子都知書達禮，能彈琴繪畫，又活潑向上，各自在學校裡的考試成績總是頂尖。瑪格麗特對家庭和丈夫一直是任勞任怨，她總能把摯愛和樂觀奉獻給丈夫和孩子。

＊　　　　＊　　　　＊

湯瑪斯每週都開著自己的美洲豹汽車從倫敦回到牛津郊外的家裡，不管多晚，瑪格麗特總要等丈夫一起吃飯，而且準備好下一周丈夫要用的衣物。她一定要把至少七件襯衫燙熨好，還要把上星期拿去乾洗的幾套西裝衣褲和十幾條領帶準備好，還有七雙乾淨的襪子、七條乾淨的內褲也都要準備好。她從來不想抱怨，

因為她知道丈夫在大學工作已經夠辛苦的了，回到家裡以後，丈夫應該享受家庭的快樂，不要分擔家裡的煩心瑣事。

　　其實，瑪格麗特除了安排好自己的家務事以外，還是兩個慈善機構做管理委員會的董事，她還擁有英國一家時裝公司大部分的股票並兼任該公司的副董事長的工作，同時還是當地教堂裡的長老會成員和唱詩班的歌手。瑪格麗特每一天的生活都是充實、繁忙、多采多姿。她從來不會耽誤或忘記孩子們上學和放學的時間，也來沒有錯過陪同丈夫在各種重要的社交場合裡出頭露面，她也經常出現在皇家舉辦的招待會或者是晚宴上。在有社交活動的情況下，她總是先把孩子安排好，自己開車到火車站，把汽車停放在火車站上的停車場裡，自己乘火車去倫敦。在火車上，瑪格麗特非常會利用自己的自由時間。她會很快地閱讀完最新的報刊雜誌，用電話跟自己的孩子們講清楚自己的晚上的活動，以及替他們安排好了的他們晚上要做的活動。然後，瑪格麗特會到洗手間裡更換衣服和化妝。當火車到了倫敦以後，她需要再換到地鐵車上，乘地鐵到倫敦大學找丈夫。他們一起參加繁忙、顯赫的倫敦上層社會的社交活動。如果天晚了，瑪格麗特也常常在倫敦的家住一夜，第二天坐火車回到牛津郊外的家。

　　有幾次，當瑪格麗特在倫敦過夜時，她在房間裡發現了其他女人的用品，她馬上聯想到自己有時在給丈夫洗襯衫時，曾經發現過一對袖扣缺少一個，或者是襯衫上有女人口紅印的跡象。每當瑪格麗特問起這些，丈夫都會大發雷霆，使得夫妻在一起本來就少、就很珍惜的時間，變得非常不愉快。瑪格麗特是個很聰明的婦女，她很快就瞭解到了湯瑪斯不僅與他的秘書暗通款曲，同

時還經常把他自己指導的荷蘭籍女研究生帶回倫敦的家裡過夜。為了三個孩子能有正常的學習和生活，瑪格麗特忍受了丈夫多年的欺騙，自從她明白了自己的丈夫是一個自我陶醉主義者、一個玩弄女性的偽君子以後，就永遠不再問湯瑪斯的工作和他在倫敦的生活，也不再問他的個人隱私和個人感情，更不再問他去哪裡出差之類的事了。

瑪格麗特與湯瑪斯父母的關係一直保持良好，她的三個孩子年紀還都很小，自己經常帶孩子去探望這兩位老人家，直到湯瑪斯的父母前後生病故去，瑪格麗特都悉心地關照他們，也親自陪丈夫參加了兩位老人的葬禮。

所有認識瑪格麗特和湯瑪斯的朋友，也就是在他們共同生活的社交圈裡的人，都認為瑪格麗特是一位十全十美的太太、媽媽、可依賴的朋友和企業家。瑪格麗特也是一位社會公益活動和社會福利事業的熱心支持者，她還是倫敦社交圈子裡最受歡迎的婦女。

得知瑪格麗特與湯瑪斯婚姻即破裂的消息，朋友們都十分驚訝和惋惜。大家不能不承認湯瑪斯‧韓德森是一位典型自私、傲慢的自我陶醉主義者。湯瑪斯本人並不是希望跟自己的原配夫人離婚，他很熱愛也很欣賞他自己的家庭生活。現代社會裡的女人，喜歡用自己的青春當本錢，以年輕貌美來賭博，她們賭注的對象就是有成就、有家庭的男人。因為這些男人已經有名有利、有錢有勢。她們知道自私和貪婪美色，是大多數男人無法抗拒的誘惑。正是如此，湯瑪斯才被逼迫不得不接受瑪格麗特律師交給他的離婚簽字書。當韓德森的孩子們到了十二、十五、十六歲的

年齡時候，瑪格麗特和湯瑪斯‧韓德森的夫婦關係才徹底宣佈
結束。

*　　　　　*　　　　　*

再說湯瑪斯‧韓德森教授的第二任太太——荷蘭人金娜‧婉‧
棠柯（Jinna V. Tonga），她年輕貌美，有著阿姆斯特丹女子特有
的性感和風騷，加上生性大方，又是自由享受派的超級交際花。
只是她天生就有近視眼，總是需要戴著一副眼鏡，她認為眼鏡顯
得自己更有學問，所以沒有配戴隱形眼鏡。

她在荷蘭大學的漢語語言學院裡讀完了碩士學位，報考倫敦
大學東方語言學院，攻讀漢學博士學位。湯瑪斯‧韓德森教授比
她大三十來歲，她不僅欣賞湯瑪斯在漢語文學方面的知識和見
解，也相信他能給自己在學業上莫大的幫助，使自己毫不費力就
能獲得到博士學位的地位，同時還能分享到湯瑪斯‧韓德森教授
有錢有勢，有條件為她提供的特殊待遇和參與倫敦上層社會的社
交生活，金娜更喜歡湯瑪斯在性生活上的老練成熟和膽略。

*　　　　　*　　　　　*

相信金娜永遠不會忘記她的導師，給她最開始時的教學指導
的快樂。那就是湯瑪斯‧韓德森教授指導金娜的第二個星期的首
日，在湯瑪斯的辦公室裡，青春蕩漾，著裝隨便，金娜從來不喜
歡穿襪子和戴胸罩，她那曬人工日光浴的黝黑皮膚，以及塗了金

銀混合色指甲油的手指和腳趾甲，使得金娜更具有挑逗般的性感的表現力。

她被湯瑪斯邀請坐在了他的寫字臺的對面，他們正在探討的話題是如何研究中國城市與農村發展不平衡，特別是中國的南部地區和西南部地區發展失調的現象，及中國政府對農村的發展政策。

但是，她注意到自己指導教授的雙眼不停地盯住自己的前胸，就好似是一隻雄鷹正在等待著機會，轉眼之間要用它的尖嘴劃破她胸前的那件深V薄絲短袖衫，衛著乳頭飛翔到高高的天空一樣。她清楚知道自己低領絲衫沒有穿戴胸罩的雙乳的力量。她有意地將身子微微前傾到辦公桌對面的湯瑪斯教授的鼻子前面，他馬上領會了她的意思，將自己坐著的四輪椅子滑移到辦公桌子的一頭，他們兩人到了觸手可及的距離，金娜繼續送上她挑逗和誘惑的微笑，給了湯瑪斯鼓勵和膽量，他們還沒有講上幾句要探討的課題，湯瑪斯就用雙手從金娜的背後把她抱攏到自己的懷裡來，接著就把手伸進了金娜短袖V型低領子的薄絲衫下隆起的雙乳上了。湯瑪斯把自己的頭湊近金娜的臉，金娜看到他那老色狼般的眼睛，直把自己逼迫的俯首就擒，她立即覺得自己彷彿融化在做愛的火爐裡，不能自己，只有懇求自己的導師教授快點把門上鎖，脫衣，立刻做兩體合一的運動。

從那以後，湯瑪斯‧韓德森教授除了在他的辦公室為金娜做特別輔導之外，還要把她用他自己心愛的美洲豹汽車，接到自己倫敦西區的家裡，整夜整夜地進行特別輔導，一年下來金娜沒費吹灰之力，就得到了博士學位的證書。

瑪格麗特與湯瑪斯一離婚，金娜就和湯瑪斯到倫敦的婚姻註冊所拿到了結婚證書；五十歲的湯瑪斯‧韓德森教授保持年輕的訣竅之一就是與青春女性在床上運動，他還絞盡了腦汁、想盡了辦法推遲自己的年齡老化，方法之一就是他能真正地做到從自己的心理上戰勝他自己年齡增長的意識，同時使用人工太陽浴讓他自己的皮膚更具有性感膚色，服用藥物讓他的男性功能更有野性。

　　那天在中國大使館的春節招待會上，湯瑪斯‧韓德森教授從看到沙玉花的第一眼起，就在每次做愛的時候，都想像他自己做愛的對象是這位有東方韻味的美女，那就讓他更激動不已。當他的新的年輕秘書告他沙玉花將要來訪時，他知道他距離美夢成真的日子近在咫尺了。

　　在湯瑪斯‧韓德森教授的辦公室裡，他無法控制自己不停地看牆上的鐘和自己手上的錶。這已經是第三次把自己的小鏡子和小梳子從抽屜裡拿出來，照著鏡子梳理自己已經是花白了的頭髮。他的雙鬢已經全部成了灰白色，頭髮雖然沒有太多的花白，但很是稀落，每次梳理都會再掉下來幾根，所以他非常小心地輕輕地梳理著自己的頭髮。同時，他也不能不看到自己前額上的皺紋和老化的皮膚。

　　當教授麼多年來，長期坐在電腦和辦公桌前工作，使得他本來高大俊瘦的身體，變得像隻百歲的老烏龜一樣，兩肩又厚又寬地突出，豐滿又弓形的後背上，托著細長的脖子，頭好不容易被這條細細長長的脖子給支撐著，與他的發胖了變圓了的身體十分不協調。他使勁想要讓自己的後背坐直些，但是沒有用，他能做

到的就是讓他自己的脖子伸得更長，這樣他的脖子就顯得更細，就更像個老烏龜的樣子。湯瑪斯索性把小鏡子和小梳子扔進抽屜裡，他堅信他的智慧和能力比他的形象更有對那位東方女子的說服力和吸引力。

他坐在辦公桌前想：自己的哪一副橡皮面具給沙玉花看最適宜？想來想去，他決定還是的用那幅學識淵博，文質彬彬，能講一口地道北京口音的流利的普通話，存心想幫助一位需要在學業和事業上發展的弱女子，是他應該在第一次正式與這位女子交談時用的最好的面具。他把自己真正的本色，一隻老奸巨滑的狐狸和貪婪無厭的色狼之面孔，用那張橡皮面具給罩得嚴嚴實實，又重新整理了稀少的頭髮和衣著，剛要拿起電話，電話鈴聲就響了。秘書通知他，沙玉花小姐到了。「送她到我的辦公室來吧。」湯瑪斯・韓德森教授用權威性的語氣告訴了秘書。

沙玉花為天津時裝公司做了兩年多的翻譯工作，她耳濡目染學會了穿著打扮，也明白服裝的力量，這天，她穿著英國積佳時裝公司在天津生產的最新款式的高粱米湯色女西裝配西裙；烏黑晶瑩的頭髮在腦後打了個髻；腳上穿著顏色與西裝協調的半高跟皮鞋；肩上背著一個稍微比西裝重一點顏色的手提包，打扮十分專業化和正式得體。

沙玉花被秘書帶到標有「湯瑪斯・韓德森教授，東方語言學院院長，倫敦大學」字樣的辦公室前，秘書代她敲門。湯瑪斯・韓德森教授用英文大聲說：「進來！」

秘書把門推開對湯瑪斯・韓德森教授說：「這是莎小姐。」

湯瑪斯回答她說：「謝謝妳，愛莉絲，回頭見。」秘書把門關上後便出去了。

　　湯瑪斯・韓德森教授馬上伸出他那又大又白的手，熱情有力地握著沙玉花又小又巧的手，用流利的普通話誇讚沙玉花的音樂天才和令人陶醉的古箏表演，為了表現他對中國文化和音樂的通曉與高超的鑑賞力，他提問道：「請問，為什麼中國樂器獨奏時總要演奏《春江花月夜》？是不是這個曲子代表了演奏家一定的演奏水平和技巧，及演奏家的音樂程度？妳肯定有其他曲子可以演奏給我聽吧？」

　　沙玉花用驚訝和欽佩目光看著他回答說：「您這麼瞭解中國的文化和音樂啊，好了不起呀！我當然有其他曲子可以彈給您聽，就怕您沒有時間聽呢。」

　　這話正中了湯瑪斯的下懷，他馬上順竿往上爬地說：「我當然會有足夠的時間來欣賞如此讓我心曠神怡的美人和名曲了。妳的古箏是從中國帶來的吧？」接著湯瑪斯・韓德森教授問沙玉花道：「沙玉華，妳沒有英文名字嗎？」

　　「對不起，不是華，是花，平聲，也是第一聲，讀為花。我還沒有想過要個英文的名字呢。也許……？」沙玉花很自然和坦白地答著。

　　「啊，妳應該想一想，起個英文名字，妳現在是沙玉花（Sand：沙石子，Jade：玉和Flower：花），可以叫Jade，or Jada，or Flower，or Heather，or Charllote，or Sally……」湯瑪斯・韓德森教授一連串說出了六個英文名字給沙玉花選擇。

沙玉花猶豫了一下說：「我一定要改名字嗎？」湯瑪斯・韓德森教授回答：「英文名字給妳許多方便，好比說吧，我的秘書不懂中文。妳打來電話，她講給我聽時，已經不會講妳的名字了。還有，剛才妳在糾正我的發音，中文的花與華差不多，英文卻沒有區別。」

「如果，我有個英文名字，您會讓我來讀個中國文學的博士學位嗎？」沙玉花聰明地試探著問道。

「那要看妳自己的條件和意願，還有妳今後要發展和方向。」湯瑪斯・韓德森教授把釣魚線放長，像捕魚網放開一樣地讓沙玉花自己上鉤。

「我自己？」沙玉花有點不解地遲疑問道。

「當然是決定於妳自己，在西方社會裡，妳自己有權利決定你自己的命運，也就是你自己想怎樣做，就怎樣做，想怎樣發展就能怎樣得到發展。妳親眼看到的『六四』學生運動要的也就是這個吧。現在就在妳的手邊上，妳可以像這樣拿過來。」說著湯瑪斯・韓德森教授把一本書拿起來又扔進到垃圾筐裡，示意她可以如此容易地拿到她自己要的學位，或是對她來講比學位更需要和更重要的東西。

沙玉花似懂非懂，仍然遲疑地說：「Ok。我能改讀漢語碩士？還是讀完英國文學碩士學位再攻讀漢語文學博士學位？」

湯瑪斯・韓德森教授接著說：「妳怎麼做都可以，只要妳肯做，我肯幫助妳，妳就能成功。」湯瑪斯・韓德森教授已經一語道破了。

沙玉花也基本上明白了，她還是希望要再問清楚一些：「湯瑪斯‧韓德森教授，您的意思是我可以到您的學院來讀漢語的博士學位？我想我最好是現在就來改讀漢語文學碩士，然後繼續攻讀博士學位，您的意見呢？」

　　「如果妳一定要問我的話，我認為妳應該完成妳的英國文學碩士的學習，拿到碩士學位。同時，為妳的漢語文學博士學位準備好條件。這樣很實際，妳會很有信心、也會很有把握。」

　　沙玉花認為湯瑪斯‧韓德森教授說的話很有道理。「我萬一申請讀漢語文學博士學位的計畫不成功，我自己仍有了英國文學碩士的文憑，這一點很重要。」沙玉花好似是自言自語又好像是講給湯瑪斯聽。

　　湯瑪斯‧韓德森教授接著說：「妳完成英國文學的碩士學位，也可以正式開始用英文寫有關中國的小說，我可以幫助妳修改英文文稿和拿到我朋友那裡去，獲得在英國的出版機會。那樣，妳就能夠成為一名著名的小說家！這可是個激動人心的設想啊！妳不這樣認為嗎？」

　　這可是沙玉花連做夢都沒有想到過的事。她的嘴巴張開，兩隻眼睛直瞪，希望自己的耳朵沒有聽錯！「這是真的嗎？」沙玉花又驚又喜又不敢相信自己的耳朵，她抑制不住自己內心的興奮與激動，站起身來，繞過湯瑪斯‧韓德森教授的大寫字臺，給湯瑪斯‧韓德森教授的面額上送去喜悅的親吻。

　　湯瑪斯‧韓德森教授隨即用左手摟抱住沙玉花的細腰，右手插入了她兩條大腿根部的裡面，拼命地用食指和中指在沙玉花的腿跟底下愛撫起來，沙玉花順勢仰躺在了湯瑪斯‧韓德森教授的

懷裡，全身情不自禁地隨著他的兩個指頭顫動起來。湯瑪斯‧韓德森教授又把左手迅速向上移動到了她的脖子後面，用手托起了她的頭。湯瑪斯‧韓德森教授那張饑餓色狼般的面孔現出了本色。他閉上眼睛，將舌頭伸入她的口中，狂熱地親吻起她的嘴巴，不停地咬著她的上嘴唇，兩隻手指在沙玉花的下身進出猛烈。沙玉花很快有了高潮感，她身體的顫動從劇烈到緩慢，最後停了下來，呻吟也輕輕地停止了。湯瑪斯‧韓德森教授把他的兩隻手指從她的兩條腿之間的底部抽出來，雙眼滿意地微笑看著她，又把那兩隻手指放進了他自己的嘴裡，像嗦啦糖葫蘆一樣吮起自己的那兩隻手指頭。他希望他自己的智慧和能力已經把沙玉花給拴到了自己的小拇指上了。

湯瑪斯帶著色狼般的微笑，用自己的一隻手把沙玉花的一隻手拿起來，又把玉花的手放到了他自己的雙腿根之間勃起的男性生殖器上。沙玉花完全明白了，她放心了也相信她自己的耳朵，剛才沒有聽錯任何一個字。但是，她猛然間感到一陣驚愕和噁心差點就要吐出來，她掙脫開湯瑪斯的手，又把他推開，哽咽著說：「不，不行，我該走了。」

湯瑪斯‧韓德森教授馬上整理他的衣著，領帶和頭髮，好像似又把他那文質彬彬的橡皮面具戴上了，他猶豫了一下說道：「好吧，妳回去好好想想，相信妳會想通，會再來找我的，我們肯定也會在什麼地方再碰到一起。如果妳要的話，妳知道在這兒可以找到我，任何時候都可以。」

沙玉花一語不發地離開了湯瑪斯‧韓德森教授的辦公室。

沙玉花懷著十分複雜的心情離開了倫敦大學東方語言學院漢語學院的教學大樓，再也沒有心情去逛街和觀光，她徑直去了倫敦的王子火車站，乘坐她能趕上的第一班開往諾丁漢的火車，在返回家的路上，她決定自己一定要讀完和拿到自己的碩士學位，自己要有個英文名字，莎樂特（Joy：樂；特殊：Special）。自己要走自己的路，有了湯瑪斯・韓德森教授的指點，但是最好不受他的束縛，也能達到拿到博士學位的目的，這也許就是自己要走的路吧？

倫敦的華人社區和社會

　　昨天的事實就是今天的歷史。一九八九年在北京的「六四」學生運動，也許在國內表面上很快就平息了下來，在英國卻是方興未艾，風起雲湧。在英國大地上的華人社會分化成明顯的兩大派別：一派是以當地的愛國華僑領袖為首，堅定地站在中國大使館和中國政府一方，堅決支持黨中央的英明政策和果斷決定，不管學生運動在倫敦街頭鬧得怎樣如火如荼，不管英國電臺、報紙、電視臺如何停止一切正常報導、大張旗鼓專門以頭版頭條來報導中國北京的學生運動與中國警方軍隊衝突的實況如何感人心肺、催人淚下。他們堅信和支持中共中央的意志也沒有半點動搖。

　　另一派是以英國本土的文人學者為首，他們有權有勢也有錢，他們對中國事物有著濃厚的興趣和研究，並多年來關照中國

發展與動向，是所謂的「中國通」，他們和來到英國的部分中國訪問學者與中國的留學生聯合起來，全然堅決地抗議中國政府的非民主主義以及對學生運動的無情鎮壓之決定與行為。

這兩派的代表們經常在倫敦的海德公園上演公開大辯論。以中國著名文學家劉濱雁為首，還有中國的著名詩人、作家多多，磊磊等，畫家、作曲家、指揮家、歌唱家、舞蹈家、電影、演藝界明星全都匯聚在倫敦，類似名人出場，整天有不間斷的講演會、辯論會和研討會之類的會議在進行。隨之而來的華英文學社、雙語報刊雜誌社、英華評論社、英華文藝中心社、華人音樂社、華人美術館、華人婦女自助社等等組織，真的如雨後春筍一樣，在英國的各大城市裡層出不窮。各種趁機興起的新興華人報社企業、文藝社團組織也紛紛登報招兵買馬，莎樂特還沒有正式完成她的在諾丁漢大學的英文碩士學位的論文，就被華人音樂社的老闆物色，待她一畢業，就可以到華人音樂社當副社長，月薪八百英鎊。莎樂特欣然接受這個職位，她已經和即將帶團來英國訪問的丈夫說好，讓他給自己從國內帶來自己心愛的古箏、二胡等樂器。所以莎樂特確定自己會即將拿到碩士學位的證書後，馬上整裝上任，來到倫敦華人音樂社承擔起副社長的職務。

首先，她必需要給自己找到一個即安全又安靜的家。她算好了一個月的房租要限定兩百到兩百五十英鎊；通勤費在五十英鎊到八十英鎊；吃飯在一百五十英鎊；每月的八百英鎊再減去百分之二十的英國政府工資稅，實際收入大概是六百五十英鎊。莎樂特希望自己每個月能夠省下來存入銀行的錢至少是一百五十到兩

百英鎊，作為自己讀博士學位的基金。當然，如果能多省點存起來就更好了。

　　莎樂特孤身來到倫敦，沒有任何朋友相伴，在到職工作後的第一個星期內，她就搬了三次家。正愁眉不展，苦於沒能找到安全和安靜的地方安家時，下條街上的華人婦女自助社的義工周安娜來到了華人音樂社。周安娜改變了莎樂特的窘境，並成為她終生永遠不能忘懷的忠實朋友。

　　周安娜是一位標準的香港靚女，美麗、文雅、嬌小、爽快和大方，並且是一位有著愛心和同情心的職業護士；她的丈夫是一位典型英國既自私又吝嗇的律師。他單身去香港旅遊時，結識了周安娜，之後再次去香港邀請周安娜一起來英國遊玩，周安娜欣然同行來到英國，在英國住上不久後，他們就結成了夫妻。

　　一年下來，周安娜在倫敦的一家醫院裡繼續做醫療護理工作，不幸的是她患上了乳腺癌的不治之症。丈夫雖然總是親自陪她去醫院檢查和治療，但是他在家裡的習慣實在是讓周安娜無法忍受。好比說周安娜想念在香港的姐妹，常常在英國的半夜，也就是香港的早晨給家裡打電話；在倫敦，她也有講廣東話的香港朋友，她喜歡打電話聊天，港人叫煲電話粥。其實，晚上和夜裡打電話的費用很是便宜，但她的丈夫總在電話費單據被送到家裡以後，用紅筆把周安娜打的電話號碼勾畫出來，告訴她說：「妳自己付妳自己打的電話費！」還有，周安娜做護理護士工作，有時上夜班，白天需要休息，可是家裡有許多家務事要做，請丈夫幫助把髒衣物放在洗衣機裡洗乾淨，晾在後花園裡曬乾，他像根本沒有聽到一樣，竟然把還沒有清洗過的髒衣服從洗衣機裡全部

拿出去曬涼在繩子上。這樣不僅沒能幫助周安娜做家務，反倒給她添了麻煩。還有丈夫喜歡每晚去酒吧聊天喝酒，周安娜喜歡找朋友打麻將聊天，兩人自己有自己的娛樂，不能尋到共同的開心。

周安娜患病以後，她放棄在醫院的護理工作，享受英國人特有的社會福利援助保護局發給病人的資金幫助。這樣，她常常自願到華人婦女自助社做義務服務工作。在轟轟烈烈的「六四」請願、遊行、絕食運動中，她和一位來自大陸的留學生，在雙語雜誌社任主任編輯的閆君有了患難之交，這就釀成了周安娜的心病，這心病比她本身的疾病給她帶來的煩惱還要更糟和更重的多。

周安娜主動幫助莎樂特找地方住，她開車帶沙樂特到處看房子，兩周下來，周安娜幫助莎樂特搬了六次家。因為，莎樂特要求住的地方要安全、安靜、交通方便、環境舒適，還要租金便宜，在倫敦地區那確實很不容易。最後，周安娜告訴莎樂特：「妳就搬到我家來住吧，我和我丈夫分開了，我享受社會福利補助，住房不花錢。妳可以給我做伴，我可以每天開車載妳上班，等妳找到妳認為合適的房子再搬走。」莎樂特當然高興地感激不盡，欣然接受周安娜的幫助，就住進了周安娜的即安全又安靜、環境優美、交通便利的公寓裡。

華人音樂社的大老闆是堅決站在中國政府和中國大使館一邊的在英倫敦華人協會的副主席之一，華人音樂社的正社長是澳大利亞旅英華人婦女溫蒂。溫蒂是華人後裔，她的英文很好。但是，她一點兒也不懂中文和廣東話。她用英文工作，主要是為音

樂社申請和搜羅到各種社會贊助基金和組織聯絡各種音樂演出的場地，從中得到演出的門票收入等等；莎樂特工作的是協助溫蒂組織音樂表演的節目，主要的是自己也要參加音樂演出，因為在英國能彈奏古箏的人寥寥無幾。

莎樂特到任的第一個任務就是組織一九九〇年的英國華人共慶中秋佳節音樂表演會。華人音樂社聘請有音樂表演能力的人員表演，按鐘點或場次付費。溫蒂在莎樂特到來以前，曾經舉辦過這樣的音樂會，莎樂特到了之後，不僅繼續延用溫蒂聘用過的音樂表演家，她還聯絡了留學生中精通演奏二胡、蕭、小提琴、笛子的中國學生們一同來參加隆重的歡慶中秋佳節表演。華人音樂社的老闆為了討好大使館的官員和倫敦政界人士，特意為招待中國大使館的大使和夫人、倫敦市長和夫人、英國政務院的政官要員和倫敦市內的重要華人事務的要人和華人首領。

華人音樂社的大老闆與倫敦大華酒家的老闆商量好，在音樂會後，由倫敦大華酒家的大老闆作東，宴請這些重要人物。邀請函的名單由華人音樂社的老闆和大華酒家老闆共同擬定，保證沒有劉濱雁方面的支持者被邀請到當晚的中秋佳宴。當然，音樂會門票對外出售，任何人都可以來觀賞中秋音樂晚會。溫蒂負責發出給重要人物的邀請函，也負責當天晚上的表演者的演出內容。莎樂特自己忙於自己的排練和與二胡、蕭的合奏樂。中秋前的排練工作緊張又有秩序地進行，各方面的政界要人也紛紛送來了他們的回覆，他們都欣然答應參加這次同歡共慶華人自己的節日。表面上說是中秋佳節，其實是在這個

二手夫人

政治的緊要關頭，緩解代表中國政府的大使館和英國當地激進人士的一次以共同歡慶中秋佳節的互相諒解的機會。

當天的音樂晚會在著名的唐人街上的華人音樂廳舉行，晚上六點整以二胡獨奏《二泉映月》名曲為開場，接下來的節目是《歡樂的日子》、《苗嶺的早晨》、《梁山伯與祝英台》、《賽馬》一切進展順利。

莎樂特的古箏和蕭的合奏表演放在了最後，也就是在臨時由溫蒂加進去的節目「吉他彈唱」的後面，吉他彈唱的表演者是這次「六四」運動激進派的領導人之一，他的名字沒有印在當晚的節目單上，只有「吉他彈唱」印在了節目單上。當吉他彈唱表演者用英文和混加在一起的中文演唱到，帶有強烈性指責和謾罵中國政府的獨生子女政策的唱詞時，坐在前排最好座位上的中國使館的官員和夫人便馬上悄悄地離開了音樂廳，其他少數人也消聲匿跡跟著出去的。但是，整個音樂廳沒有任何的擾亂跡象、也沒有任何人要求停演，一切基本正常進行。因為，吉他彈唱之後馬上就是莎樂特與蕭合奏《春江花月夜》的節目，莎樂特在後臺準備，根本不知道觀眾席位上的重要人物的離去。她在演奏時，也沒有往下面看，只是全神貫注在音樂演奏上了。

她演奏結束後，全場熱烈地鼓掌，在場觀眾十分高興音樂會的精彩表演，演出人員也高興此次演出的成功。音樂會結束的時間是晚上八點十分，晚宴預定在八點半開始。因為，大華酒家就在音樂廳的街角上，只有三至五分鐘的步行距離。

音樂會演出結束後，溫蒂帶領政界要員，莎樂特帶領演出人員，步行去大華酒家。湯瑪斯・韓德森教授和他的荷蘭夫人也在

政界要員之中，湯瑪斯趁自己的太太與表演小提琴獨奏曲《梁山伯與祝英台》的女演奏員王宏談她在英國愛樂樂團的演奏經驗時，湊到了莎樂特的身邊說：「妳的古箏和蕭的合奏真太成功了！」莎樂特馬上說：「謝謝。我沒有注意到您和您太太也在場。」湯瑪斯・韓德森教授立即接著說：「我告訴過妳，我們會在哪兒再碰到的，沒錯吧。只是我是小任務（他總把人物與任務的發音給搞混淆），妳看不到罷了。」莎樂特先是沒有明白什麼是小任務，待她醒悟到是湯瑪斯・韓德森教授發音的問題時，才大笑說：「您這大人物的下一個小任務是陪同重要人物吃中秋晚宴。」他們有說有笑，不一會就來到了大華酒家。

在大華酒家豪華的中式宴客大廳裡，十幾張桌子都坐滿了中外重要人物，最中間的一張桌子上，有倫敦市長胸前佩戴著他那自豪的「倫敦市長專用的胸章」，他那位傲慢又高貴的夫人就坐在他的身邊。他們夫婦的兩邊有華人首領和英國政府要員在陪同他們聊天。湯瑪斯・韓德森教授坐在了莎樂特的身邊，他的夫人坐在了小提琴手王宏女士的旁邊；在同一張桌子上，還有其他演奏人員和邀請來的客人。

開宴的時間已過，大家還在交談，仍然沒有任何人注意到中國的大使官員、夫人和隨從人員等沒有到此宴會上來。但是，大華酒家的老闆早就留話在先：此次中秋佳宴，沒有中國大使館官員和夫人到來之前不准侍從斟酒上菜。

大家繼續聊天，已經是晚上九點三十分，倫敦市長問及為何不給上酒上菜，問來問去問到溫蒂，溫蒂才發現中國的大使館官員、夫人和隨從人員全部不在此宴桌前。還是倫敦市長告訴他身

二手夫人

邊的華人領袖，中國大使館官員和大使伉儷在吉他彈唱剛剛開始的時候，他們就全都悄然離去了。倫敦市長自己並不知道為何晚宴遲遲不開宴。這位華人領袖馬上對倫敦市長說了聲對不起，要去查看一下酒家的廚房大師傅在幹什麼，就離開了宴桌，他也去找到溫蒂。

這會兒，華人音樂社的老闆和這位華人領袖一起質問溫蒂。溫蒂連中國使館官員幾時離開的音樂廳都不清楚。她馬上走到莎樂特的桌前，不分青紅皂白，不問如此那般，當著所有在場的眾人的面，開口大罵莎樂特說：「莎樂特，妳這廢物點心，妳什麼時候把中國大使館的大使、官員給氣跑了？！」莎樂特被罵得目瞪口呆，她根本不知道發生了什麼事情。面對溫蒂的無理指責，莎樂特真是無言以對。

最後，溫蒂被華人音樂社的老闆給叫到一旁，溫蒂一把揪住了莎樂特，要她也一同跟著老闆去到餐廳的外邊。老闆十分憤怒，溫蒂討好老闆說：「請給我二十分鐘，我會把中國大使館的官員一行全部請來吃酒宴。」這位連普通話或廣東話皆不能講又不會聽的澳大利亞華人女後裔，竟然如此大言不慚，膽大包天地對著自己的老闆許願，老闆仍然怒氣難消，告訴她如果不成，由她自己吃不了兜著走，接著就去找酒家的老闆，想要些茶點之類的東西，給饑餓難忍的重要人物先上一點東西來充饑。

溫蒂轉過身來，馬上命令莎樂特給中國大使館的大使和官員們打電話，要他們立即到達大華酒家吃酒宴。莎樂特明白，別說中國大使館的大使，就是給大使提兜的小人物也絕對不會理睬你什麼溫蒂，更不要在被當面侮辱之後吃什麼酒宴了。簡

直就是天方夜談般的兒戲，真是豈有此理！但是，莎樂特不敢不服從命令，因為她才剛上任不到一個月的時間！莎樂特正在為難，不知道該怎麼辦才好，湯瑪斯・韓德森教授急來解圍，他用英文主動對溫蒂說自己與中國大使館的官員們有很好的個人關係，如果溫蒂社長同意，他肯自己出面打電話與使館人員講一講。

　　莎樂特非常感激湯瑪斯・韓德森教授能在此時拔刀相助，解救她的危難之急。她帶著感動的眼光，用中文對湯瑪斯・韓德森教授說：「非常非常感謝您主動來給我解圍，這可是您要親自出馬邀請重要人物的大任務呀！」溫蒂不得不讓湯瑪斯・韓德森教授承擔起這個由她故意惹下的大醜劇。湯瑪斯・韓德森教授告訴溫蒂和沙樂特先回到餐桌等待，自己去給中國大使館打電話。半個小時過去以後，湯瑪斯・韓德森教授回到溫蒂桌前告訴她，非常抱歉，他盡了最大的努力，大使館的官員早已用過他們自己的中秋晚宴，無法勉強，情況已經無法改變了。

　　此時，已經是晚上十點一刻，倫敦市長和夫人早已經揚長而去，在摘掉市長胸章以後，到附近其他的華人餐館裡用餐了。其他的重要人物也就隨之放棄等待的希望，回家的回家，有的去了其他餐館，有的當場自己叫菜付款，湯瑪斯・韓德森教授和太太邀請了莎樂特和王宏一起，去大華酒家的樓上餐廳吃中秋特別晚餐。剩下寥寥數人，大家合計一下，只好自己掏腰包，吃點簡單的飯菜。周安娜跟她自己香港的朋友們在一起，她們也在樓上吃了自費的中秋特別晚餐，她們回到周安娜的住所時，已經是零點三十分了。周安娜告訴莎樂特，湯瑪斯・韓德森教授表面上對中

二手夫人

國政府公開支持，心底裡卻是十分不滿，他是在英國支持學生運動的後臺主力。

＊ ＊ ＊

很久以後，當莎樂特對湯瑪斯・韓德森提起那個中秋晚宴風波的事的時候，她當時的猜想才得到了確認：湯瑪斯・韓德森教授完全是為了給莎樂特解圍才自告奮勇給中國大使館打電話。其實，湯瑪斯・韓德森教授根本沒有給任何人打電話，湯瑪斯・韓德森教授很清楚中國大使館的官員們根本沒有必要在當面侮辱後，再走進或再看一眼有同類人員在場的場地，他們根本不想再接近任何這類居心叵測之人。湯瑪斯才不會做那種自討沒趣的蠢事。

難忘的情

不懂廣東話的莎樂特在倫敦華人社會裡混得不算不開心，雖然廣東人裡沒有太多像周安娜一樣的好姐妹，可是她的社交圈裡，還有從大陸來的學生，也有從香港來的學生，也有當地的廣東人和嫁給英國人的香港人。莎樂特每天打交道的主要對象還是當地的廣東人，他們之中有些人曾經是中國廣東省豫劇團的著名演員，也有中國樂器演奏家。這些人在國內都是很有成就和名氣的名人，可是來到英國以後，一是沒有用武之地；二是沒有語言

能力。沒有語言，就只能在餐館的廚房裡打工，做特別長時間和特別勞累的廚房工作；只有每個星期二，餐館休息，大家才湊到一起，有時間和興趣，把老本行拿出來練一練，光憑他們的藝術專長，根本無法賺到大錢，更無法支付各種生活費用的開銷。有的人，白天在華人超市工作，夜晚在華人餐館打工，他們的藝術天才和多年練就的技能，實在令人可惜地付諸東流。

莎樂特的丈夫，以天津市副市長的身份跟隨代表團來英國訪問，他在百忙之中，沒有忘記給自己做華人音樂社副社長的太太和她的朋友們帶來了他們特別喜歡的中國樂器，和演出用的樂譜、服裝等等。

宋中國被隨團人員稱為宋副市長，他的隨身秘書是原山東省的名模，莎樂特一見到那位身高有一米八，有著國色天香般容貌的女人，心裡就明白許多，也就根本沒有提出單獨與丈夫在一起的要求，她只是非常想念自己離開時才剛滿三歲的兒子。她的市長丈夫告訴她，兒子已經上了天津著名的私立小學，他正在努力學習英語，一有機會，就會把兒子送到英國來讀書。宋市長當然要勉勵和鼓勵莎樂特在英國發展，為了兒子也應該在英國混出個名堂來。

其實，女人最怕的就是孤獨，結過婚的女人就更能感同身受。周安娜在「六四」支持北京學生運動倫敦請願隊上結成的患難之交的男友是雙語報刊雜誌社的主編。雙語報刊雜誌社是每週出一次，免費放在華人超市上的那種用中文和英文兩種文字寫的華人生活的故事之類的滿天飛的雜誌報。報紙以刊登廣告賺錢，報刊的大老闆也是報紙法律註冊的擁有人叫博奧，他

也是原牛津大學中文系畢業的英國人，他也在北京大學讀過博士，和湯瑪斯・韓德森教授是校友。博奧以自己創辦的雙語報刊雜誌為銳利武器，公開與中國政府和中國駐英國倫敦的大使館作對，猛烈抨擊對「六四」運動下令鎮壓的行為和中共中央政府。

博奧和湯瑪斯兩人，可以說他們在中國這台戲上，一個扮演黑臉兒，一個扮演紅臉兒，一唱一和，背地裡他們又好似親兄弟鐵哥們。博奧不像湯瑪斯那樣追求炫耀、富有和顯赫，他也不主張有婚姻的束縛，他從來沒有結過婚。他的華人女友一週一換，從來沒有固定的情人。大陸來的女孩子們，都喜歡他的那種牛津式的文人的衣著講究、髮式新穎、知識淵博、性情瀟灑浪漫和放蕩不羈的野性。但是，走過來的女人需要的是安逸的家庭，永久真摯的愛，這一點，女人就別想從他那兒得到。博奧從來沒有安排或計畫他自己的浪漫生活，一切隨從自然，不勉強自己的意願，也從不強加自己的意願給任何人，他的生活除了與中國政府作對以外，一切都是輕鬆愉快。

周安娜放棄了自己小氣鬼的丈夫，深深地愛上了閆君。閆君與博奧搭檔的日子久了，近朱者赤，近墨者黑，他所受博奧的影響也就大了很多，自己又是北京大學畢業的高材生，在他身上結合著東方男人美德的韻味和西方男人浪漫的野性。也許是為了這個，出生和成長在中西文化交融影響下的香港小姐，在她年輕生命的最後階段，竟是為了那份得不到的愛，又撕不斷的情，如此那般的痛苦！

周安娜的乳腺癌在發現時，已經遲晚，必須馬上進行手術。她早知道閏君，在「六四」運動的熱潮中與閏君的戀愛關係發展至深。手術期間，閏君和她的前夫都守候在她的病床旁邊。出院後，周安娜執意離開丈夫，希望自己能和心上人度過寶貴生命的最後自由自在的階段。「好花不常開，好景不常在」，閏君在北京的妻子和孩子，來到了英國的倫敦。閏君的岳父在北京很有政治背景，閏君不能也沒有辦法不認千里迢迢攜子尋夫的妻兒，他必須在兩個女人中間選擇其一，他為了自己也是為了他的孩子，必須放棄周安娜。

就在這段最苦的日子裡，也許是上帝送來了莎樂特陪伴周安娜走過了一程。在那段日子裡，莎樂特每天下班後，總是陪同周安娜一起去華人超市買來許多年輕人喜歡吃的東西，請來許多來自大陸和香港的年青學生，大家輪班動手煮飯，年輕人彈琴、彈吉他唱歌、吃飯、說笑、聊天，直到半夜，大家才散去。最後，只有周安娜自己，懷抱吉他，望著月亮，淒涼地彈唱《月亮代表我的心》，曲終淚下如泉湧，沒有人能夠真正彌補和安慰那顆傷透了的心。莎樂特坐在她的身邊，找不出任何話，可以舐拭她的痛傷，還是周安娜她自己來揭開傷痕的疤：「我們那會兒也是這樣，在圓圓的月亮下面，只有我們兩個人，他彈琴，我唱歌；我們在一起痛快地做愛之後，我彈琴，他自編自唱，那麼打動我的心，我們是那樣的無憂無慮，自由自在，好像在整個世界裡，我們是最最幸福和幸運的人，夜深人靜後，我開車送他回到他的住所，我再自己回家。現在，我有了我自己的家，他卻不再走近我的身邊來。我對他的太太講：我願意付給她五千英鎊，要她讓我

與閏君走過我生命的最後階段，她不肯答應，還對我無禮。我現在沒有希望康復，沒有自己需要的愛情，沒有任何指望了。」說著，周安娜的淚水又像噴泉一樣的流淌下來。

此情此景之下，莎樂特也無法控制自己的眼淚，她把周安娜緊緊地抱在了自己的懷裡，擦去她的眼淚，告訴她：「我們大家都愛妳，妳一定要堅強起來，重新面對生活。」說是容易，可是輪到誰的身上都會有如下地獄般的難受。

莎樂特決定自己去找閏君聊聊，也許能打動閏君來看望周安娜，給她些任何人都無法代替和能給予她的愛。莎樂特約見了大名鼎鼎的雙語雜誌社總編一起在唐人街上喝杯茶，告訴閏君：「周安娜的病情大概不會讓她活得太久，在剩餘的短短生命裡，應該享受到她喜歡也應有的愛情；上帝只給每個人一次生命的機會，也給了每個人愛，只有你才能給周安娜她所需要的那份愛。你是不是考慮一下，去看看她？」

閏君不愧是大丈夫，他告訴莎樂特：「妳自己管自己鼻子底下的事去吧，不要多管閒事。」

莎樂特碰了滿鼻子的灰，她還是不放棄：「如果現在你不去看看她，等到將來後悔的時候就太晚了。」閏君不想繼續聽下去，他起身就要離去，莎樂特最後說：「我感激你的時間，能聽完我要說的話。」

隨後，兩人都離開了茶館，去了不同的方向。莎樂特自討沒趣，她在心底裡還是敬佩閏君的妻子有中國人的「宰相肚裡能撐船」的度量。閏君他自己心裡的滋味，就很難知道了，也許比英國人活得還要更瀟灑，根本沒有人的味道了。中國女人與西方女

人的差距仍然在一個字「忍」上面，西方女人不忍受讓自己不愉快的人和事；中國女人總是為了自己愉快的人和事而忍受。

晚上回到周安娜的家裡，周安娜告訴莎樂特她已經決定回去香港，一方面可以慢慢治療，一方面可以擺脫這裡身邊的一切。在家裡的親人身邊，也許能有新生活的希望。

臨行前，周安娜囑咐莎樂特說：「妳從大陸來，不會講廣東話，在廣東人的圈子裡要生存下來，肯定會有困難。妳要麼學講廣東話，要麼離開廣東人的圈子去與白人打交道。這裡的廣東人老闆不是披著人皮的色狼的人太少了。廣東人笑臉藏刀殺人，北方人直來直去，妳根本就不是廣東人的對手。妳千萬要當心保護好自己。」莎樂特感動得熱淚盈眶，她從心底裡感激周安娜幫助自己在這個陌生的倫敦華人社會生存和掙扎著活下來。周安娜返回香港，幾年後，長眠於香港的南丫島上。她的歌聲和琴聲，卻永遠永遠地留駐在莎樂特的心靈裡。

如魚得水和狼狽為奸

周安娜去了香港，莎樂特想著她臨行前的話，她何嘗不曉得自己已經被饑餓兇殘的色狼群給包圍住了，饑餓的眼睛好似從四面八方瞪著盯視著她，只要她稍微不小心，就馬上會成為周安娜一樣的犧牲品。

莎樂特的工作讓她必須經常與開廣東飯店的老闆們打交道，這些老滑頭個個是老色狼，他們見到莎樂特就像老狗見到鮮肉一

樣，垂涎三尺，躍躍欲試，而且還毫不羞澀地講他們自己如何不喜歡與歐洲妓女做愛，白人女子如何像俄羅斯烏克蘭的白豬一樣，身上的白毛又硬又扎，一點都不性感。莎樂特為了保住工作，不得不聽這些色狼的胡言亂語，還要笑臉相對，有時還要陪他們去賭博場玩一桌。倫敦的賭博場專門為做餐館業的華人調整了開門的時間，賭場和妓女是幹餐館工作的華人唯一的消閒和娛樂。許多大陸來的年輕女子，把大部分的時間和金錢全部花在賭場裡。

上一年中秋節晚宴風波過後，溫蒂不得不被老闆炒魷魚，因為，老闆必須要向中國大使館有個解釋和交待，否則他自己就不會再收到中國大使館的國慶、新春之類的宴會邀請函，更不會有機會邀請中國國家京劇、粵劇團來倫敦演出，他也就無法在華人圈子裡繼續混下去了。莎樂特知道自己必須給自己做出下一步的選擇和決定。

一九九二年的深秋季節，著名作家吳祖光率領中國國家京劇團來英國倫敦演出，一行四十多人，有著名演員領銜和全班樂隊在倫敦唐人街的音樂廳演出國粹京劇。前來觀賞京劇的觀眾，卻只有是華人和懂普通話的英國人。

湯瑪斯·韓德森和太太在正式演出的第一天就來了，他們坐在前排的最好的位置上。但是湯瑪斯·韓德森的這位荷蘭太太一點也聽不懂京劇，她沒有等到完場，就藉口身體不舒服，離開了劇場。湯瑪斯·韓德森不但興趣盎然地看到京劇完場，還事先買了鮮花，請莎樂特的老闆安排莎樂特為他找藉口上臺獻送鮮花。演出結束後，湯瑪斯·韓德森以答謝莎樂特老闆為藉口，邀請他

們一起去吃飯，莎樂特老闆要陪伴大使館的官員和演職人員，所以，莎樂特就只有代表華人音樂社的老闆與湯瑪斯‧韓德森教授一起去吃飯。這次湯瑪斯‧韓德森找到了機會，他帶莎樂特去倫敦最豪華的西式酒店，遠離唐人街的眼睛和嘴巴。

剛一坐進了湯瑪斯‧韓德森的車裡，筋疲力盡的莎樂特就感到有了一種得救了的感覺。雖然沒有說話，但是湯瑪斯‧韓德森，這位漢學專家教授，非常明白莎樂特這兩年來獨自在廣東人主宰了幾輩人的倫敦唐人街上生存，肯定是飽經滄桑、歷經艱難。在這會兒，只要自己伸出一隻手給她，她肯定不會放棄被搭救的機會。莎樂特也真有自己是一隻被遺落在沙灘上很久了的魚兒，因為沒有辦法得到水，就要乾涸死掉一樣，湯瑪斯‧韓德森肯放水救生，當然是得命的唯一途徑。

湯瑪斯‧韓德森把車停在維克多利亞大酒店的停車場上，他沒有馬上打開車門下車，他先拿起了坐在自己身邊的莎樂特的右手親吻起來，莎樂特把身子轉向他，用左手摟抱住湯瑪斯的脖子，送上她的親吻。

湯瑪斯‧韓德森問莎樂特：「親愛的莎樂特，我們是先去吃晚飯，還是先開個房間。」

莎樂特顯得很疲勞地說：「怎樣都可以，你來定吧。」

湯瑪斯‧韓德森說：「那我們就先進房間洗洗臉，洗洗手，親親嘴兒，貼貼身子，再去吃飯。」莎樂特做出同意的表示。

湯瑪斯‧韓德森才下車，走到莎樂特一邊，把車門為她打開，伸手幫她從車裡鑽出來。莎樂特這時才注意到，穿著西服革履，尖皮鞋，打著勞諾愛思理花紋領結，體材標準，有著高雅的

文人舉止，帶著優美的舞蹈家動作的風度，滿身洋溢著牛津味道的大學教授，湯瑪斯‧韓德森先生在自己的身旁，實實在在地與自己擦肩貼耳。為此她已經是夢寐以求，默默地祈禱過許多次了。莎樂特大方地把自己的手遞給了湯瑪斯。湯瑪斯按動車門鑰匙，把車自動上鎖，讓莎樂特挽著自己的右臂，徑直走進酒店大堂。

*　　　　　*　　　　　*

　　莎樂特在想，如果要想知道一個男人有多大的真本事，只有跟他上床做愛，如果是值得，再牢牢地把他真正地抓在自己的手心兒裡。

　　湯瑪斯‧韓德森拉開房間的房門，他們進到房間裡，他用一隻手從身後把門關緊，另一隻手攬過莎樂特的頭，迫不及待地狂熱地親吻起她的嘴，又急急地把手伸到她的上衣下面，摸索著為她解開上衣底下的胸罩。

　　「從我第一眼見到妳的時候起，就知道我能盼到與妳做愛的這個時刻。」湯瑪斯輕輕地在莎樂特的耳邊說，同時讓莎樂特的手碰到自己下身勃起的生殖器。莎樂特忽然想起，多少次，多少個男人對她有過這樣的示意和動作，全都被她用「癩蛤蟆也想要吃天鵝肉！」的傳統頌辭給罵跑了。這次不同，這次是她自己甘心情願也要這樣做。她發現自己柔軟如秖泥，沒有幾秒鐘，下身已經非常的潤滑了。他倆迅速脫掉衣褲，雙雙倒進鬆軟的床上，湯瑪斯熟練地爬到並進入到莎樂特的身體裡。

莎樂特融化在湯瑪斯激烈地顫動的身體之下，湯瑪斯像一匹衝刺的駿馬，使盡全身解數，猛烈地運動。莎樂特的雙腿似韁繩一樣拼命緊緊地夾著湯瑪斯，隨著他的顫動而震動，還從心底裡發出痛快的呼叫聲：「再重點兒！再重點兒！再猛點兒！」他們倆全然沉浸在無比的興奮和愉悅中。一會兒，湯瑪斯的腰部弓起，他從莎樂特的身體裡抽了出來，他的高潮已經過去，兩人都滿頭大汗，急促地喘息不止，光著身子躺在床上，甜蜜地對望著彼此給了對方的滿足之後的微笑。

　　在酒店的餐廳裡，三角式鋼琴為小提琴手演奏蕭邦的名曲，和諧地伴奏著，優美的曲調給用餐者以高雅和閒逸的舒適感。湯瑪斯‧韓德森教授牽著莎樂特的手，在酒店侍從的引領下到擺著鮮花，燃著蠟燭，放置好了酒具和餐具的桌子上就坐。湯瑪斯‧韓德森教授從侍從手裡接過菜單，敬愛地交給了坐在對面的莎樂特，莎樂特微笑地接過菜單，表示謝意和認真看菜單。湯瑪斯‧韓德森教授向身邊的侍從低聲說：「請給我一瓶紅葡萄酒。」然後微笑等待莎樂特首先點菜。莎樂特示意要與他商量，他們倆商量了一會，向侍從定了晚餐：西式芹菜奶洛湯附蒜蓉麵包；主餐是西式澆汁魚加鮮檸檬和土豆泥；鮮水果拼盤、奶酪和黑咖啡。侍從離去，又來把紅葡萄酒送上，斟入兩人的酒杯，又離去了。

　　湯瑪斯‧韓德森教授與莎樂特開始一邊喝酒一邊交談。湯瑪斯‧韓德森開口問：「妳工作得開心嗎？」

　　莎樂特無動於衷地說：「湊合著幹吧，工作經驗很重要。」

　　湯瑪斯‧韓德森又問：「妳喜歡今晚上的京劇表演嗎？」

莎樂特淡然一笑回答說：「我的父母都是京劇戲迷，我嗎？沒有那麼大的戲迷癮，可是多年來，受到的薰陶也不小，他們的唱詞，我都能背誦下來。」

　　湯瑪斯‧韓德森教授繼續說：「妳可以在中國國粹京劇上做文章，寫個博士論文，拿到博士學位。那總比妳忍受廣東人的白眼和謾罵好受也好辦得多了。」

　　莎樂特眼睛一亮，「我真的能拿到博士學位，如果我在京劇方面做文章？」

　　湯瑪斯‧韓德森教授馬上信心十足地說：「當然是。回頭，我給妳看愛丁堡大學中文系主任，漢學專家秦乃瑞教授用英文撰寫的專門研究中國評劇歷史和發展的著作，那可是一本獨樹一格，十分精彩又非常引人入勝的佳作。」

　　莎樂特激動又興奮地問道：「真是這樣啊！你一定要借給我看看那本書。我什麼時候可以開始去讀博士？我工作這幾年有了一點儲蓄可以全部用在學費上，加上生活費肯定不夠，我大概可以在餐館打工或大學裡做些清潔工的工作。」莎樂特馬上給自己讀博士學位的設想做了計畫。

　　湯瑪斯‧韓德森教授微笑著說：「也可以申請到助學金。妳也可以寫一本揭露中國社會黑暗面的書，英國的家庭主婦，哦，不光是英國的家庭主婦，還有大多數的英國人都喜歡從別人的鑰匙孔裡看人家的私事、髒事、醜事和黑暗面。西方人將熱於知道東方人的黑暗面和醜聞，以及鮮為人知的故事，特別是罵中國共產黨的故事。中國多年閉關自守，鮮為人知，二十一世紀將是中國騰飛的年代，世界肯定要把目光放在中國

和中國人的身上。妳用英文寫這樣的書，肯定會轟動歐美社會。」

莎樂特聽得出神，但是她還是有些擔心地說：「我的英文能行嗎？寫書能被出版嗎？」

湯瑪斯‧韓德森教授詭秘地看著莎樂特，用他那權威教授性的牛津語調和眼神望著懷疑的莎樂特詭詰地說：「那就需要我們的共同合作了，妳說不是這樣嗎？。」聰明的湯瑪斯微笑著把回答問題的球又扔給了莎樂特。莎樂特靈魂出竅般地有所覺悟，她好不驚訝和喜悅。

湯瑪斯‧韓德森教授把自己的乾瘦的大手伸過餐桌，輕輕地放在莎樂特的又纖細又嬌小的手背上，微笑和撫摸著她的手說：「我們共同寫書，用妳的名字，妳的故事，我的文筆，我的牛津出版網路和我的社會影響，我們的好戲還在後頭呢，妳說不是這樣嗎？」莎樂特當然欣喜若狂，但是，她所處的高雅別致的環境，抑制住了她內心衝動的喜悅，她想用含蓄的眼神和傲慢的舉止來代替她的言語，所以只講了「當然」兩個字。她希望自己能盡量模仿到戴安娜公主那般的風度和模樣，卻做出了好似大愚若智結果。坐在對面宛如白馬王子一樣自信自大，享受在自我陶醉中的湯瑪斯‧韓德森教授露出一副欣然自得滿意的笑容。

這時，侍從把他們的晚餐的第一道湯碗端上餐桌，友好地對他們這對好似熱戀中的中年情侶說：「希望你們喜歡你們的晚餐。」然後，很有禮貌地退下去。

待他們喝完了奶油濃湯，莎樂特悄悄地把湯匙放在了碗外，因為，她害怕自己用不好刀叉，調羹可以代替筷子。侍從很快把

湯碗撤下，端上來主餐，莎樂特很自然熟練地用調羹匙吃起主餐來。剛剛還擺著傲慢白馬王子架子的湯瑪斯‧韓德森，見到莎樂特竟在如此高雅，如此講究的大庭廣眾目擊之下用調羹吃西餐，吃驚得目瞪口呆。「啊！我們需要給妳安排特別的培訓，讓妳變成一位英國上層社會能夠認同和接受的莎樂特女士，妳認為怎麼樣？」湯瑪斯‧韓德森即認真又風趣地告訴給莎樂特。

坐在酒店房間裡的大皮沙發上，湯瑪斯‧韓德森教授手裡拿著酒杯，像是戲劇導演一樣地大聲執教著莎樂特：「我要把妳介紹給我社交圈子裡的上層社會重要人物，把妳介紹給我的牛津大學的老朋友和校友，帶妳進入倫敦上層社會的社交圈子。首先，妳要學會講標準的英語，不是美式英語。妳要能講成像這樣的『The rain in Spain stays mainly on the plain.』的優美語調，妳試試看。」莎樂特學著講，但是，很繞舌，她講不好，兩人都捧腹大笑。

莎樂特想了想說：「你說的大人物和小任務總是讓我搞不明白，你有沒有也要練習講過「西施死於四十四，拾起石子兒，打獅子」這樣的繞口令？」

湯瑪斯‧韓德森教授回答：「我在北京時，也是這樣學的。」說著他站起身來，真像導演在給演員說戲一樣：「妳一定要認真練習，就能講得一口流利地道的英式英語。還要穿著高檔衣裙，不要穿褲子，褲子太男性化，給人性感不強的印象。其實妳的審美觀點不錯，只要稍加指點，肯定會有更佳的效果。我要把妳交給高登公爵的夫人，讓她好好教給妳在英國上層社會裡必需有的知識。」

莎樂特站在房間的落地式穿衣鏡子的前面，聽到湯瑪斯‧韓德森教授在穿著方面的褒獎和肯定，很得意，也很有信心。「高登公爵夫人，誰是高登公爵夫人？」莎樂特好奇地問道。

湯瑪斯‧韓德森教授繼續說：「高登公爵和夫人都是我多年的老朋友，也是我的老鄰居；他們也住在倫敦的西區，在牛津郊外有別墅，我會安排帶妳去拜訪他們。高登夫婦也畢業於牛津大學，他們和我非常友好，她會耐心地教妳在上層社會生存必備和必須遵守的規矩。妳要學習高登夫人的文雅舉止和優美動作。學習如何交談、如何品酒、如何點菜、如何用刀叉、如何參加朋友的家庭酒會和舉辦自己的家庭酒會、如何用哪種恰當的語調與哪種合適的場合與人講話、如何見機行事、如何使用幽默語。其實妳很有幽默感，只是需要懂得在什麼場合用什麼樣的幽默，還有許多許多，妳要慢慢來學習。」

他一連串說了那麼多，讓莎樂特一時無法知道自己從哪兒開始，到什麼時候才能結束。她雙手合一，做出東施效顰的樣子，對湯瑪斯‧韓德森說：「我真恐怕自己，到後來不僅沒有學到西施的優美動作，反倒把我自己優秀的方面也弄丟了。」他倆又都大笑起來。

湯瑪斯‧韓德森忽然停止了笑，他問莎樂特：「妳今晚需要回到自己家去睡嗎？」莎樂特這才想起來時間已經很晚，她做出了無關緊要又非常可憐的樣子說：「家，我還沒有家。跟你在一起，你就是我的家人。你要不要我陪你睡覺呢。」

湯瑪斯‧韓德森把酒杯裡的酒一飲而盡，開心地說：「當然要妳！我第一次見到妳的時候，就有了要妳的願望。如果妳也要

二手夫人

我，我們就能在一起。」湯瑪斯說得很認真，他用右手的食指輕輕地擦蹭著莎樂特眼邊的皮膚，他那帶有挑逗性的愛和微笑，把莎樂特的乾枯許久的心滋潤得甜甜蜜蜜。

湯瑪斯·韓德森喝了太多的酒，他知道自己不能開車，如果莎樂特一定要離開這裡的話，他會叫計程車自己陪送她回去，然後自己再回到自己的家裡。既然莎樂特無意返回她自己的住所，他當然欣然自得地與莎樂特留住在酒店過夜。湯瑪斯關掉了房間裡的大燈，只留下坐地燈和床頭燈在亮著，「我們上床吧，我要彌補妳失去的所有的愛，只是怕我今天太高興，喝多了酒。妳知道酒精能促進做愛的緊迫和需要感，可是卻降低了做愛的能力。對不起，我今天大概一定要『吃草莓』了。」

湯瑪斯把莎樂特拖上床，一面為她脫掉衣服，一面親吻和舔她的皮膚。當把莎樂特身上最後的一件內褲脫掉以後，湯瑪斯把莎樂特的兩腿推向她自己的胸部，再用他自己的嘴來舔噬莎樂特兩條大腿根兒的內腿的兩側，然後慢慢地將他的舌頭移到了莎樂特大腿根兩側之間紫色花蕊，拼命地舔噬和吸吮，莎樂特輕輕地發出欣賞和享受般的呻吟。湯瑪斯聽到莎樂特發出的聲音後，就用嘴去親吻莎樂特的嘴，莎樂特從湯瑪斯的舌頭和嘴唇上品嚐到了她自己的味道，莎樂特似乎更開心地呻吟起來，湯瑪斯又去舔噬莎樂特的下體，這樣做了很久，湯瑪斯才停下來，把他自己的衣服全部脫掉，又從房間的冰櫃裡拿出來一小瓶酒，倒進了兩個玻璃杯子裡，一杯遞給莎樂特，一杯留給他自己。

湯瑪斯對莎樂特說；「讓我們共同來享受生活！」說著，湯瑪斯一飲而盡，莎樂特也跟著一飲而盡喝掉杯子裡的酒。湯瑪斯

Chapter *1* 從賢妻良母到二手夫人

爬上了莎樂特的身體。可是，他已經喝了太多的酒，身體很疲乏，儘管莎樂特非常渴望湯瑪斯能夠進入到她自己的身體內部和她做愛，湯瑪斯根本做不到，他很快就打起了鼾聲。莎樂特等了許久，最後她自己也睡著了。下半夜醒來，湯瑪斯才能夠把他自己的陽具插入到莎樂特的體內，他們做愛直到天明才又睡去。

隔天下午，湯瑪斯開車把莎樂特送回到她自己的住處，車子剛剛進入到了唐人街的街角上，金娜・婉・棠柯就從一家華人的咖啡館裡走了出來。她揮手把自己丈夫的車叫停下來。看到莎樂特坐在自己的位置上，金娜把車門打開，對湯瑪斯和莎樂特說：「我已經等了好久了，莎樂特，妳這個便宜的大陸貨，請離開我的座位，妳真是令我作噁。」

莎樂特厚著臉皮笑著，沒有說話，走出湯瑪斯的美洲豹車，金娜猶豫了一下之後才鑽進了車裡，「砰」地一聲把車門關上，瞪著湯瑪斯說：「開車！」湯瑪斯二話沒說，踩下油，一溜煙地跑遠了。

撬了人家的老公，莎樂特的心沒有半點悔恨，反倒有了一種孤影自憐的感覺。她知道，如果她想要的話，在倫敦的唐人街上，她可以做出比妓女更便宜、更壞的事來。

Chapter 2

宴客與作客

　　一九九三年春初四月的第一個週末，英國著名學府牛津的郊外，約翰・高登（John Gordon）老公爵的別墅前面的花園裡。這座別墅是黑白相間的兩層小樓，它的後面有私家游泳池，前面有別致的網球場，周圍是綠油油的青草坪，院牆的柵欄是盛開的杜鵑花樹叢。在監視器和報警的大鐵門前，湯瑪斯・韓德森教授坐在他的美洲豹敞篷汽車裡就要離開，高登公爵夫婦和莎樂特正在和他說道別的話。

　　愛蕊絲・高登（Iris Gordon）夫人說：「相信我，一個星期之後，你再來見我們，保證你的莎樂特就會大相徑庭。」

　　湯瑪斯・韓德森表現出對老朋友的感激：「非常感謝您，愛蕊絲，我可把莎樂特交給您了，您可要替我將莎樂特訓練成真正的英國的女士，不是不倫不類，半中半洋味的淑女。您明白我的意思，親愛的愛蕊絲。」

　　高登夫人爽朗地大笑著說道：「當然，莎樂特會成為一位絕對有風度的公主，我的甜心兒湯瑪斯，你放心好了。」

莎樂特明顯有些緊張，但是，高登公爵正在風趣地跟她聊天，如餵她吃定心丸藥一般地說：「妳沒有問題，莎樂特，妳能從中國來到英國，已經是一位很了不起的公主了。看我們從來都沒有去過中國大陸，我們害怕到了那麼遠的地方，走失方向，永遠不能再找回到自己的家了。」

　　湯瑪斯‧韓德森看著莎樂特放鬆地和高登說笑，就招手示意要和她道別，莎樂特走上前去，躬身與湯瑪斯親吻和說再見，湯瑪斯吻了莎樂特的嘴唇，並小聲對她用中文說：「我愛妳！再見，親愛的莎樂特女士。我下週末來接妳。妳可要學得努力點，玩得開心點兒。再見。」湯瑪斯‧韓德森說著，一邊把發動汽車引擎，一手握緊方向盤，一手高舉過頭，在他的敞篷汽車裡，揮動著手臂，隨後就揚長而去了。

　　年紀六十有餘的老公爵夫人愛蕊絲‧高登，因為她多年以來持之以恆地游泳和打網球，使得她有著老練而矯健的體魄，她看上去也只有五十來歲的樣子，她曾經在英國廣播電臺電視臺擔任高級播音員，雖然已經退休，偶爾也還在電臺或電視臺上露面，她講話的語調是第一流的有戲劇性味道的標準英語；她的每一個舉止和動作都帶著舞蹈家的韻律美；加上她熱情和藹大方的性格，讓莎樂特能很快就陶醉在她的陪伴和指導下之了。她和丈夫把莎樂特引導到他們的客廳，老公爵藉口說要去做他自己的事了。

　　愛蕊絲對莎樂特說：「讓我們放上義大利歌劇的音樂，一邊喝咖啡，一邊聊聊。」說著，她宛如一陣帶著香味的清風，隨著音樂輕聲唱起義大利歌劇飄去廚房，不一會兒，邁著芭蕾舞的舞

步端著咖啡盤子回到了客廳裡。她把一杯咖啡放在了莎樂特座位的桌子邊上；一杯放在了自己就要入座的座位的桌子上。她微轉身子，上半身保持亭亭玉立，一點兒也不彎曲，用遙控器把音樂的音量調放到最低，然後自言自語地說：「這樣好些。」她仍然保持著挺胸抬頭，兩個肩膀自然放鬆，友好地微笑著坐在她的紅色金絲絨沙發椅子上，雙手輕握搭放在自己的腿上。

　　她開口說：「湯瑪斯讓我給妳講講英國人的生活習慣，我們先來談談怎樣作客與宴請客人吧。其實，這要講起來很簡單，我先把一些規矩講給妳來聽，重要的是妳用心聽，還要把妳不明白的問題提出來，記住我給妳提出來的問題的回答。我會安排家宴，請妳在我作東道主的家庭宴會上，能夠看到和學到真實的情景。宴客，妳必須要關心妳的每一位客人，保證他們都能夠過得開心。宴客之前有很多事要安排好。客人到了之後，妳要陪同客人聊天，還要掌握好喝酒、吃飯的時間。妳會看到我要做的所有的事，一點不難，只要多參加宴會、多組織家宴妳就能習慣。在妳與我們同住的這段時間裡，我會安排在家裡宴請客人，也會帶妳去我們的朋友家裡作客。這樣，如果妳能嫻熟地掌握和遵守在英國人家裡作客的規矩，只要不給作東的主人添麻煩，妳就少不了收到好客的朋友們送給妳的邀請函，也就能成為很受歡迎的客人。於是，會經常得到朋友們的邀請，到朋友的家裡作客或同朋友們一起去參加酒會、或請朋友去妳的家裡作客。我們都喜歡跟朋友在一起喝酒、吃飯、喜歡去作客。作客的確是一件很愉快和開心的娛樂，因為妳什麼也不用操心、什麼也不用妳自己去做，也不必花太多的錢，只

要盡情地來享受朋友的熱情款待和交談就好了。妳有什麼問題要問我嗎？」

莎樂特想了一下說：「我去朋友家作客的時候，要給主人帶什麼禮品最合適呢？」愛蕊絲喝了一口咖啡微笑著答覆她說：「一般來說，從鮮花、上等巧克力糖或者到酒，從酒的專賣店裡買到的一瓶上等的酒就可以了。千萬不要在一般的超市裡買便宜的酒，那會被主人嫌棄；也不要指望主人一定要當著妳的面就來品嚐妳帶來的酒。因為，主人已經為她這次的宴會準備好了細心挑選的酒水了。」愛蕊絲又喝了一口咖啡，把咖啡杯放回到自己身邊的桌子上。

莎樂特拿起咖啡杯又問道：「如果我吃素，我該怎麼辦？」

愛蕊絲笑了並耐心地說：「如果妳吃素，妳應該在答應主人的邀請函的時候，就要向主人講清楚，主人會按妳的口味來事先安排好；如果妳沒有提前告知主人，讓主人知道妳不吃肉類食品，等到了肉類食品已經端上了餐桌，妳才想起來妳自己不喜歡這個或那個，最好是不要讓主人察覺，盡量歡欣品嚐，或悄悄地把不喜歡的食品留在盤子裡就是了。其實，主人也不會注意到妳吃多還是吃少，關鍵是大家能在一起見面聊天和交流，加上欣賞和品嚐主人烹調技術的高明程度。一定要記住餐桌上的交談比吃多少更重要。」

莎樂特喝著咖啡微笑著說：「中國人的古老習慣是：吃不言，睡不語。現在也改變了很多，朋友見面總要在一起吃飯。」接著她又說道：「請您告訴我，在餐桌上，我應該跟朋友講些什麼樣的話題呢？」

愛蕊絲很自傲地說：「在餐桌上的話題，最好是讓主人先起個頭，妳要聽主人講什麼就跟著談什麼；妳自己要起頭的話，就要盡量選主人和其他客人感興趣的話題來聊天，巧妙地使用詼諧和幽默的語言，讓餐桌上的交談既輕鬆又愉快，還能讓在場的其他客人及主人總是興趣盎然就是最好的話題了。不管是在餐桌上，還是大家站著喝酒聊天，主人最喜歡的是聰明、機智、熱情、幽默和輕鬆、愉快的交談。千萬不要讓主人和其他客人有妳是很挑剔、很孤僻和很難與別人融洽在一起的感覺。最好是妳能有和大家一樣地輕輕鬆鬆地分享宴會的娛樂和愉快的氣氛。我相信妳不是那種孤僻、不合群的女人，否則湯瑪斯也不會看重妳了。」她倆都會心一笑。愛蕊絲示意啟發莎樂特繼續提出問題，讓自己來答覆。

　　莎樂特問道：「如果我們要到人家作客時，什麼時間到達最合適呢？」

　　愛蕊絲很高興莎樂特提出了這個問題。她肯定地解釋道：「非常好的問題。記住不要提前到達主人的家裡。因為東道主宴客前的時間是最緊張、最忙亂。她需要集中精力，也是最不喜歡被打擾的時候。好比說，女主人需要給所有的房間大掃除、做最後的清潔和整理，還要擺放上鮮花等等；主人還需要在再次確認已經安排好了餐桌、食具、和所有的食品、飲料之後，自己可以放鬆一下，大多的男女主人都有要去洗個澡的習慣，然後換上宴客時才穿的禮服。如果妳提前到了主人的家門口，按了門鈴，會遇上主人還沒有穿戴好，出現雙方都很尷尬的局面，那就不好了。如果妳真的提早到達了主人的家門口，最好的辦法是不去按

門玲，而是在主人的住處的附近轉幾圈。最佳的到達主人家裡的時間是遲到五分鐘，這樣，妳到了之後，會發現主人會用『萬事俱備，只欠東風』一般地熱情且高興地歡迎妳。稍微晚點也不怕，最遲是晚到了十分鐘。遲到的時間絕不能超過十分鐘，超過十分鐘，那就是不禮貌的了。那樣，妳會發現所有的客人都已經到齊了，大家都在等妳開席，妳也會十分尷尬。」莎樂特點頭表示明白，愛蕊絲繼續道：「如果我們被朋友邀請參加他們的晚宴，正好妳在我們家住一周，我們希望自己的朋友，就是妳，莎樂特，也能被邀請，也能參加這位朋友的晚宴。這樣，我或者我的丈夫必須在通知朋友我們會欣然前往他們的邀請的同時，也要告訴他們，正巧我們的朋友來訪小住，我們希望帶朋友一起去參加這位朋友的晚宴。請記住，我們必須提前打電話，問清楚主人是否贊成，決不能在沒有提前打招呼的情況下，就多帶上自己添加上去的客人或孩子到預定好的晚宴，那樣也會出現十分尷尬的局面。」

莎樂特微笑著表示明白也記住了愛蕊絲的話。莎樂特又問：「請您告訴我，離開晚宴最合適的機會好嗎？我不想離開得太晚，又怕不禮貌，該怎麼辦？」

愛蕊絲說：「這是個好問題。在晚宴的最後，男人要喝波特酒（Port wine），女人就可以退出飯廳，進入到大客廳或客廳裡去聊天。男人喝完波特酒也會來加入到客廳裡來跟女人一起聊天。妳需要知道怎樣來察言觀色、恰到好處地把握好說再見的時機。最好不要等東道主下逐客令，也就是說：不要等主人先站起身來，或者是不停地看錶，這變相地宣佈宴會已經結束了，你們

二手夫人

應該回家了。最後千萬得要記住不要等主人早已睏倦，你們還站在那兒聊天不走，最好離去的時間是看到其他客人要離去的時候，雖然不用跟他們同時離開，自己也應該很快地要去向主人致謝離去。臨走之前，一定要到東道主跟前，當面致謝，告訴主人，晚宴是如此成功和自己又是多麼開心，晚餐東西是那麼好吃，與朋友的交談實在令妳愉快。再次感謝東道主的盛情邀請和款待。然後按照常規，客人要做回請主人的安排，妳最好是借此機會與主人談定個大概的日子。一般來說，回請的宴客日子不要超過六個月。但是，如果妳或者主人不能拿出個確定的日子，你們可以有個大約的日子，同時說好，雙方會用電話來確定具體的日子和時間。除非妳不想再繼續保持朋友來往，不安排回請，也就放棄了這份至親密友的關係。妳也可以用寫致謝信或致謝卡的形式來表達對東道主宴請晚宴的感謝和誇獎。同時再提到自己希望邀請他們的回訪與計畫等等。」愛蕊絲情緒盎然，一下子講了這麼多，她怕莎樂特不能全都記住。愛蕊絲看得出來莎樂特願意跟自己學，她馬上告訴莎樂特不用擔心，她會在實際場合上提示給莎樂特，讓她看懂弄明白的。

接著莎樂特又講到了中國人經常有不打招呼就登門拜訪的習慣，她問愛蕊絲這在英國也是可以接受的嗎？愛蕊絲向她解釋道：「在英國，一般熟人登門拜訪，都要在事先打一通電話，安排好一個時間以避免尷尬局面。不管多熟悉的朋友，妳順路拜訪，總是給人一種『不期而遇』的驚訝，如果妳覺得你們的關係沒有達到那個份上，妳必須事先安排好，向妳要去訪問的朋友打一個招呼。還有另外一個習慣要告訴妳，在我們英國有跟朋友住

一個週末的習慣。好比說：我們經常有朋友來我們的家裡過一個大週末，或我們到朋友的家裡跟他們一起過週末的習慣。安排這樣的週末，作東的主人必需要知道妳幾時到達，能住幾天和妳想要在什麼時間必須離開。因為主人要安排用車接送妳去火車站或飛機場；安排妳在主人家裡那段時間裡的一日三餐；安排妳和家人的共同外出和室內宴請（與其他的朋友們一起）的娛樂活動。所以，妳必需在到達之前或之後，把這些方面向主人詳細地講解清楚。妳還需要給自己準備一本好書，以防提早上床睡覺前後來閱讀。因為妳要『入鄉隨俗』不能打破主人家裡習慣的定時起居規矩。還要想到自己要帶足夠的衣物，以防外出遠足遇到風雨天氣，或者東道主帶妳參加他們朋友的家庭晚宴會，或是去觀看戲劇、歌舞表演等等。妳都要穿戴上符合場合的合適衣服。好比說，我們要帶妳一起去參加我們朋友的家庭酒會，妳要穿戴上等的衣服和首飾。」愛蕊絲說道此，發現莎樂特有點不好意思，知道她沒有帶來很多的可以選擇的衣物。愛蕊絲馬上明白了莎樂特，就說道：「沒關係，我會帶妳去逛街買這些東西，把發票給湯瑪斯就是了，這是他與我已經安排和說好了的題目，妳不用擔心。我們自己去朋友家裡過週末，也要為東道主的朋友準備一個合適的禮物，最好是主人喜歡的禮品，如盆景花樹、高級酒或主人特別收藏愛好的東西。熟識的人，也可以去當地特產或最好吃的食品。在我們居住的期間，要保持好我們所在的房間的整潔和用後的廁所、浴缸的清潔。如果我們對房間、廚房或花園等方面，有任何不明白的地方，要直截了當地問主人，不要猜想向主人提出問題會給他們帶來麻煩，因為他們並不知道我們是不知

道、或應該怎麼做，我們提出的問題是能得到主人的歡迎，並能得到圓滿的答覆。就和我倆的交談一樣。就和妳自己總是要盡量幫助我這個女主人做些妳力所能及的家務事一樣，迎合主人的歡心和喜歡很必要。這樣，妳肯定能會被再次邀請來主人的家裡作客、過週末，湯瑪斯來見我們的機會次數也就越多了。好了一次講得太多，妳會記不住。我們將來再慢慢講吧。現在該是運動的時間了，妳喜歡打網球還是游泳？」愛蕊絲問莎樂特，莎樂特想到在初春季節的戶外游泳，水一定還很涼，會很冷。所以，她爽快地答道：「我們去打網球好了。」她們先去換好了白色的運動衫和短褲，開始在前院裡的網球場上打網球

＊　　　　＊　　　　＊

　　打完了網球以後，愛蕊絲告訴莎樂特她自己要去洗澡和休息，然後會安排廚師準備明天，也就是星期一晚上六點三十分開始的小型家庭宴會。那是按照湯瑪斯的建議，老公爵夫婦在一個星期以前就安排好了的家庭小宴會。下午五點她自己會在飯廳裡教莎樂特如何擺放桌子、椅子、餐具、食品和飲料等情況。說完，她們就各自回到自己的房間。每個房間內都有獨立的浴池與蓮蓬頭，她們各自洗澡休息去了。

　　下午五點前，莎樂特來到飯廳等待愛蕊絲一起擺放餐廳的桌椅和餐具。五點剛過，愛蕊絲就準時到了。她先告訴莎樂特：「一般的家庭小型宴會，安排有客人的人數在六位到八位客人最為合適。因為這樣，大家可以隔著桌子聊天，客人再多的話，客

人們會給自己結幫湊夥找夥伴，搞小團體的交談，主人不容易控制。邀請客人的人數還要根據主人房間的大小而決定，沒有人喜歡自己像沙丁魚一樣擠在一個小小的空間裡。主人發出邀請函時，可以同時邀請客人自願選擇帶來他的一位伴侶，如果客人願意自己來，不想帶伴侶，也沒有問題，況且，主人沒有必要一定要給這位客人找配夥伴。邀請函發出後，主人首先要準備的就是宴會需要的酒水和食品。在英國，許多地方都有酒的專賣店，如果你要開宴會，在他的店鋪裡買全部的酒水，就可以免費從這個店子裡租賃到所有開宴會所需要的酒杯，很多人都會利用這個方便來免費租賃酒杯。一般客人到宴之後，首先要喝的是雪莉甜酒（Sherry）或啤酒，同時，有搭配著吃小點心，如乾果仁、薯條和醃橄欖之類的習慣。你必須把這些飲料和食品全部準備齊全。我的經驗是：不管宴會前你想得多麼地周到，在宴會開始前幾分鐘，還是需要做最後的整理，並且徹頭徹尾檢查一遍，以防出現任何忽視和漏洞。」

　　愛蕊絲稍微停頓了一會兒，又繼續跟莎樂特講：「親愛的莎樂特，妳一定要記住，宴請客人，擺放客人座椅的位置很重要。一般來說，女主人要把最重要的兩位男賓的座椅擺放在她的右邊和左面，即最要好的男客，也是最重要的男賓的座椅要被放在女主人的右邊坐，次重要的男賓的座位放在女主人的左邊。同樣，男主人的右邊是最重要的女賓的位置，左邊坐的是次重要的女賓；其他的賓客可以按客人的愛好與交談能力的程度，也要考慮到他們之間是否合得來的程度，由主人事先安排好他們的座位。我要強調的一點就是，用不著把一對夫婦放在一起坐，因為他們

066
二手夫人

是來這裡參加宴會結交朋友，與新舊朋友混在一起進行社會交流，不需要像是窩在自己的私人家中，想怎麼樣就怎麼樣的坐在一起。安排客人就坐的座位，是為了讓晚宴有一個和諧、放鬆、交融與愉快的氣氛而進行的藝術設計。」愛蕊絲手裡拿著一張美麗的絲質桌布，她繼續說：「桌子上可以鋪上像這樣的桌布，也可以根本不用桌布。不放上桌布，是為了充分顯示本就昂貴的木桌的真實面目。如果不放上桌布，那一定要把足夠的防熱墊放在桌子上，避免熱食燙損了桌面。另外，還要注意擺放鮮花、蠟燭、蔬菜和水果盤的位置不要太靠桌子的邊上，以免客人不小心碰掉摔倒在地上。桌上的鹽、胡椒粉和其他調味料瓶要一樣兩份，放在餐桌的兩頭，讓客人能夠很容易地自由取放；餐刀放在主餐盤子的右邊，餐叉放在主餐盤子的左邊，餐勺子放在主餐盤子的上面，酒杯放在主餐盤子的右上方。吃正餐時，按照英國人的習慣，如果正餐是魚或雞肉類，就喝白葡萄酒；如果正餐是紅肉類，就要喝紅葡萄酒。還有就是主餐邊上的小碟子，是用來吃麵包或乳酪時使用的，要把它放在客人的左手邊上，也就是主餐所用的餐叉的左面。就是這樣，要全部擺放整齊。」

說著，愛蕊絲示範給莎樂特看並繼續說：「宴請用的刀叉和勺子有時需要放兩套。要注意，客人吃的每一道菜，都要用不同的刀叉，因為菜的味道不同的緣由。但是，第一次用過的刀叉跟著餐碟子，用後會及時被收走，用過的餐具是不留放在餐桌上面的。正餐過後，有時按照法國人的習慣，主人把各種乳酪和應時水果端上來，大家繼續喝葡萄酒吃乳酪，或者是客人自己選用自己喜歡吃的應時水果。然後是甜點心，按照客人自己的意願，

還可以在甜點心的上面加放冰淇淋。英國人的習慣則是先給客人甜點、冰淇淋和水果，然後再是乳酪和葡萄酒，再接著是威士忌（Whiskey）或是男人喜歡的波特酒，最後一道是現煮的黑咖啡。」

莎樂特幫著愛蕊絲把餐桌全部擺放妥當，她對愛蕊絲說：「在中國，主人和客人用筷子吃公共菜盤子裡的菜。在英國，需要主人為客人把菜飯分好，呈送到客人的手裡，是這樣嗎？」

愛蕊絲解釋說：「英國人的習慣是把正餐端上桌以後，男主人為全部在座的賓客分餐。他要親自動手片切燒好的整塊雞或肉，把片好的肉放在盤子裡，再呈遞給客人。他可以從坐在自己右手邊的女賓客開始，呈遞上放置蔬菜和肉的盤子，女士優先，按順時針先給所有女士送上分好的餐，再給最重要的男賓客送上分好的餐，然後繼續按順時針給所有的男賓客送上分好的餐，剩下的蔬菜和肉放在中間，由男主人說：『請大家自己來吧！』大家就會開始用餐，並且自行添加蔬菜或是肉類，男女主人同時注意給大家斟葡萄酒和提醒大家自行添加肉和蔬菜。」

莎樂特笑著說：「這裡的講究可真不少。我還要問您，開始吃麵包和後來吃水果的時候，可不可以用手來拿著吃呢？」

愛蕊絲非常欣賞她的問題馬上回答說：「好問題！吃麵包時，一定要用刀子把麵包切割成小塊兒，再用手指尖拿著麵包送到嘴裡，就像是這樣。」說著，愛蕊絲給莎樂特做示範，接著愛蕊絲繼續說：「吃水果的時候，客人也一定要用桌子上的刀，用刀把果皮剝掉，再把果肉切開成小塊兒，然後用叉子把切開的水

二手夫人

果放進自己的嘴裡。如果是整串的葡萄，妳要用桌子上提供的剪刀，把妳需要的一小串葡萄剪開，放進自己的果盤裡，用手指尖拿著葡萄，一個一個地放進到自己的嘴裡來吃。如果有果核的話，要悄悄地用手指尖把果核從嘴裡拿出來，放在自己的果盤的邊緣上。就是這樣，妳看。」說著愛蕊絲又給莎樂特做了示範。

莎樂特告訴愛蕊絲自己希望知道一些英國餐桌上的禮儀和忌諱，愛蕊絲很高興地滔滔不絕地講起來：「在餐桌上的忌諱有許多，現在我只能把大概自己可以想到的說給妳聽好了。好比說，忌諱把胳膊肘放在餐桌上，因為那樣既不美觀又擋住了別人的視線；一邊吃東西一邊說話也是很不文明和難以讓人接受的做法；喝湯時出聲音、吃東西出聲音、舔自己的手指頭，以及狼吞虎嚥的吃相都被視為忌諱；還有客人應該看大多數人都已經開始吃東西了，自己才也跟著開始吃東西，不要迫不及待就自顧自開始吃了起來。當然，客人也不要吃得太慢，讓所有人都乾瞪著眼，等著你吃完才能上下一道菜，那樣也是不禮貌的。切忌在餐桌上剔牙縫裡的殘餘肉菜，一定要到洗手間裡把門鎖上之後再剔牙。萬一不小心把什麼東西給弄灑了或打碎了，要馬上向主人致歉，並主動協助清理或提出自己要支付由此引來的額外開銷，但是沒有必要不停向主人沒完沒了地講道歉的話，以免影響整個宴會愉快的氣氛。如果忍不住要咳嗽或打噴嚏，一定要用手帕或雙手把自己的嘴捂住，轉過身去咳嗽或打噴嚏，還要小聲說一句：『對不起，請原諒我。』切記要避免面對餐桌。如果一時咳嗽不止，最好的辦法是悄悄地去洗手間待一會兒。吸煙者必須先得到主人和全體客人的同意才能點著煙，他還必須做被其他人完全拒絕他吸

煙的準備，一般宴會在大家喝乾最後一杯酒，共同說『為了我們的女王乾杯！』之後，才有可能被允許吸煙。每個客人還必須明白，自己之所以被邀請來作客，是因為自己有口才，能為主人以及主人的朋友提供愉快，為活躍的宴客氣氛做出貢獻，講有趣的話題，讓大家分享你的口才，給大家帶來愉快和歡笑。還有，作客應當顧全大局，不要只與身邊的一位客人聊天，應該與兩邊的客人都有說有笑才好。最後是用餐結束以後，客人要把刀叉整齊地放好在盤子上，勺子放好在碗裡，自己就可以舒舒服服地把背靠在椅子背上，自由自在地享受交談的愉快。」

愛蕊絲帶著表演性和說服力的講解，就好像她是天生有這方面的才能一樣，把這些方面條條是道地表演了一遍，又告訴莎樂特明天晚上她自己和丈夫就要作東宴客，希望她能有第一手實踐與學習的機會。

這會兒，愛蕊絲的丈夫走進來，告訴她們廚師已經把今晚的晚餐準備妥當。「只要您們二位女士準備好了，我們就可以用餐了。」

愛蕊絲感激地說：「你來得正是時候，我講得太多了，我的肚子餓得直叫了。」

「我們可以開飯了。」老公爵馬上微笑附和著說。

在這個裝飾高雅的大餐廳裡，用晚餐的人只有他們三個。高登公爵和夫人各自坐在桌子的一頭，莎樂特坐在高登公爵的右邊，傭人把晚餐端上餐桌，他們有說有笑地開始吃晚飯了。

餐桌上，他們談到明天，週一晚上，家庭宴客準備工作的安排：由高登夫人負責宴會的食品採購，協助廚師準備晚宴的食品

和做室內佈置美化的工作；高登公爵將會帶莎樂特去當地的酒專賣店選訂購買酒水，高登公爵會教導莎樂特如何選購酒水。週二，由愛蕊絲帶莎樂特去逛街買晚禮服。週三，由高登公爵夫婦帶莎樂特去牛津大街上最講究的西餐廳裡用晚餐。週四晚上，由高登公爵夫婦帶莎樂特到朋友瑪格麗特家作客。週五上午，湯瑪斯來牛津大學參加同學俱樂部的聚會；下午，湯瑪斯會來這裡同他們過週末。高登夫人要準備好本週末需要的全部食品和酒水。周日的上午，湯瑪斯帶莎樂特返回倫敦。

　　週一的晚宴是非正式的宴請，高登夫婦之所以沒有發出正式的邀請函，是因為他們跟湯瑪斯聊天時，得知如果能安排莎樂特與自己對中國感興趣的友人們見面聊天，會讓莎樂特與自己相處的時間過得更有意思，於是出了這個主意。高登夫婦在跟湯瑪斯交換了這個意見之後便下了這個決定，才臨時打電話給朋友安排了這個家庭晚宴。他們知道週四宴會的東道主，瑪格麗特，有興趣找中國女人聊天，還有另外兩對夫妻，其中一對夫妻的女兒和她的男朋友也對中國問題頗感興趣，他們肯定會喜歡見莎樂特，大家在一起聊天會很愉快。電話打過去以後，他們全都表示願意光臨。因為沒有正式發邀請函，所以是非正式的宴請，客人可以隨意打扮。如果是有正式邀請函的晚宴，那就意味著「正式」兩個字，就是說主人和客人都需要穿上正式的晚禮服。所以，莎樂特也可以在這隨興的家庭宴會上，穿她自己的便服。

　　其實，高登公爵家裡的酒窖已經儲備了足夠他們喝上幾年的酒水了，用高登公爵自己的話說：「為了教莎樂特如何選購酒

水，這可是一個再好不過的藉口了，讓我不得不名正言順地多買些酒水放在酒窖裡面。」

第二天，吃過早餐以後，老公爵就開車帶莎樂特去附近的酒專賣店買酒去了。莎樂特告訴老公爵自己不想喝酒，想在整個晚宴上聊天和觀察客人的「表演」，這樣她才能保持清醒的頭腦，最好是喝礦泉水。老公爵告訴莎樂特，她有這樣的想法很理智也很聰明。他已經在超市買足了汽水、礦泉水和開胃小吃食品。因為，開車的客人不能喝酒，這是英國法律規定的。他們喜歡喝汽水或礦泉水加濃果汁；還有許多人喜歡在自己的酒裡加上冰塊或水，所以在整個的晚宴上，礦泉水和汽水始終不得短缺。

他們來到街角酒的專賣店，老公爵帶著莎樂特推著購酒車，從啤酒和蘋果酒（cidre）開始選購，再慢慢地移到了葡萄酒架子前面。老公爵告訴莎樂特：「紅葡萄酒需要在宴會開始的一、兩個小時之前打開，讓其味道在室內發散，室內的溫度也會使酒的味道變得成熟。一般來說淺紅色的葡萄酒可以搭配清淡的正餐，但是口味純正的深色紅葡萄酒必須有紅肉：如牛肉、鹿肉或野豬肉來搭配，有紅色的肉做正餐時用的一定要是紅葡萄酒；白葡萄酒是用來搭配有白色肉用來做正餐時來才飲用。白色的葡萄酒和香檳酒需要在飲用前稍加冷卻，但是不能太涼了，因為這兩種酒太涼了會失去原有的酒的味道。愛蕊絲總是把這兩種酒放在有冰塊兒的酒桶裡，擺在飯廳裡的靠牆的桌子上待用，大約需要一、兩個小時的時間，那樣就能足夠使酒味散發和醞釀到最佳的味道。主餐開始上餐時，就可以按照主餐的肉的顏色給客人斟事先準備好的葡萄酒了。」老公爵對酒向來就有研究，富感興趣，面

對著像小學生一樣的莎樂特，他總能像老父親那樣得意且滔滔不絕講述他自己的在選酒和飲酒方面的經驗。「給客人斟酒也有很講究。你不能也不想一下子就把你的客人給灌醉了。所以，每次給客人斟酒時，只要給他們的酒杯斟到了多半杯子為最佳，不要斟滿。還有，如果客人想要品嚐另外的一種酒，主人需要給客人拿一個乾淨的酒杯子，不能讓客人用同一個酒杯飲用不同的酒水。」

他們聊著聊著已經選了許多箱的葡萄酒了。他們又移到了酒店陳列烈酒的酒架子前面。老公爵看到自己中意的酒類，品種齊全，琳琅滿目，他也就越講越高興。他一邊把選好的酒放進推車子裡一邊說：「這是我的老朋友威士忌，這是愛蕊絲喜歡加上冰塊來喝的雪莉酒。這是今天晚上在吃布丁甜點時需要喝的甜香檳酒，也可以用甜的白葡萄酒來代替，我們一樣買半打。我們還得找到今晚吃乳酪時需要飲用的紅葡萄酒或波特酒。好了，剛才已經拿到足夠的紅葡萄酒了，讓我們選一種好喝的波特酒吧。」

老公爵在烈性酒架子前站了好一會兒，拿起這瓶仔細看看上面的商標，又拿起那瓶看看酒的年份和製造廠家。然後，又把他的眼鏡推到了自己的眼睛上面去，不用眼鏡再仔細推敲琢磨。莎樂特看到他那麼有耐心、那麼著迷，好像酒瓶子裡有那麼多的奧妙和藝術，讓他這般入迷和流連忘返。

最後，老公爵把一瓶白蘭地酒（Brandy）拿給莎樂特看，他還比劃著說：「這種白蘭地酒是在用完主餐和甜點後，大家喝咖啡時與咖啡一起飲用的酒。飲酒時，需要用喝白蘭地酒專用的小酒杯，如果客人覺得酒的味道太濃，可以選擇加上一點蘇打水來

稀釋到自己喜歡的口味。親愛的莎樂特，妳要整個晚上喝礦泉水，太沒有勁了，不妨妳也來試一試這個，妳用小酒杯，只是品嚐一點點，也許妳會喜歡呢！我們拿上兩瓶。」說著，老公爵把兩瓶白蘭地放在了自己的推車裡。

「我們還需要找到幾瓶好口味的波特酒。在慢慢地嚼乳酪時，我們英國人喜歡同時品嚐波特酒的味道，乳酪跟波特酒在一起享用是地道的英國人飲酒方式。要知道，喝波特酒時，可以允許客人點燃他的雪茄煙，這可是我們男人的專利，你們女人不感興趣，可以到另外的房間裡去聊天。讓我們男人能安靜地享受在飲用波特酒和雪茄煙的自由世界裡，自由交談、喝酒和抽煙。還有我得告訴妳，英國的有句傳統俗話說：『男人們喝酒吸煙，互相傳遞波特酒瓶子的時候，不得逆著時針轉傳遞酒瓶子，總得要像這樣按順時針來傳遞，逆時針傳遞酒瓶子會給那男人帶來災難。』」說著老公爵就又津津有趣地比劃起來了。「你們女士們可以到另外的房間裡喝咖啡聊天，你們喝咖啡的小咖啡杯很是小巧玲瓏，要是我們男人，一口就可以喝下那一小杯的咖啡。但是，你們女士們，會很有耐心和興趣，邊聊天邊慢慢地品嚐和回味咖啡的濃香。」老公爵孜孜不倦地講了許多，也買了各式各樣的酒水，推車就要被放滿了。他們來到結帳處，老公爵用信用卡付了酒水的款，欣然自得地在美麗的中國女子莎樂特的陪伴下，推著滿車的酒箱子和酒瓶子到自己停放汽車的停車場，把酒箱子從推車裡搬上汽車，滿載而歸地開車回家。

*　　　　*　　　　*

當天晚上六點半，在高登公爵家裡的非正式的家庭晚宴準備工作井然有序地進行著。愛蕊絲親自主持操辦當晚的宴會。她邀請來了十位客人，這些客人都是他們的老朋友，愛蕊絲認為他們會對莎樂特這位中國女士和中國事務有興趣，她還有意特別要把莎樂特介紹給週四晚宴的東道主——瑪格麗特。因為是非正晚宴酒會，大家穿的衣著都很隨興。

愛蕊絲把莎樂特安排坐在自己的丈夫的右面，約翰和麗莎的女兒凡妮莎坐在丈夫的左邊；凡妮莎和她的男朋友都是英國泰晤士報的記者；瑪格麗特坐在莎樂特的右面，這樣安排是為了讓瑪格麗特在餐桌上有更多的機會跟莎樂特交談，她們坐在一起談起來方便；凡妮莎的男朋友坐在瑪格麗特的右面，因為瑪格麗特沒有帶男朋友來，瑪格利特同時也可以與凡妮莎的男朋友交談他們對中國的看法。愛蕊絲自己的右面和左面分別是兩位朋友的丈夫；他們的太太分別坐在他們共同的朋友的丈夫的身邊。這樣正好男女主人坐在了餐桌的兩頭，四位一排相對而坐。

六點半，大家到了以後，開始站著喝飲料、酒水，邊喝邊聊天，聊到了七點多一點才開始入座。七點半，晚宴第一道菜是魚絲肉湯搭配蒜味麵包，以及什錦生菜沙拉被送上了餐桌；第二道菜，主餐——清燉鮭魚。

英國人做鮭魚的辦法是把鮭魚放在跟魚一樣長短的長型魚鍋裡煮，煮的時候不加任何佐料，吃的時候，可以按自己的口味添加各種佐料。各種小佐料瓶和醋瓶、黑白胡椒瓶等，一樣兩套，擺放在餐桌的兩頭。英國人不吃魚皮和魚頭，整條大鮭魚被放在

大魚型的盤子上，被送上餐桌後，由男主人親自動手，把魚皮切開與剝除後再放在大盤子的邊上。

男主人開始給自己身邊的兩位女士選擇魚的最好的部位放在她們的碟子裡，同時放上土豆泥和煮熟的綠色蔬菜、紅色的小胡蘿蔔和小玉米，然後親手遞送到她們的手裡。他告訴自己身邊的女客，不要等候其他客人，她們自己應該趁熱吃，同時他開始為在座的其他女賓客分餐。他把整副魚骨頭用餐刀和餐叉給取出來，放在大魚盤子一邊，旋即將魚翻過身來，同樣去皮斷頭，把魚肉分配給男賓客，最後他才放上自己的那份魚肉和土豆泥和蔬菜。這時，愛蕊絲已經給所有的客人斟滿白色葡萄酒，大家正式開始享用晚宴的主餐。

大家以聊天為主，欣賞和讚揚主人的烹調技術為輔，接下來就是愛蕊絲的拿手甜品——布丁奶油巧克力蛋糕、冰淇淋和自己製作的新鮮優格。對她自己做的特質新鮮優格，大家全都讚不絕口。跟著是乳酪、小蘇打餅乾、蘇格蘭特產的燕麥餅乾和水果盤也被端上了餐桌。大家越談越興奮，黑咖啡把大家的興奮推向了高潮。

愛蕊絲開始在鋼琴上演奏貝多芬名曲，曲子詼諧又明快，音符剛剛落下，大家的掌聲和稱讚聲就響了起來。瑪格麗特跟愛蕊絲商量了幾句，就放開了喉嚨，在愛蕊絲伴奏下，瑪格麗特用義大利語演唱起了義大利歌劇名曲，老公爵點燃了他的雪茄煙，欣然自得地享受著與朋友共歡的娛樂之中。最後，愛蕊絲播放CD唱片，是大夥都喜歡的日本喜多郎的作品，她自己也陶醉在對美妙音樂的享受之中。

酒會到晚上十點鐘時，客人才開始依依不捨地致謝離去。整個晚上，每個人都過得即愉快又盡興。

＊　　　　　＊　　　　　＊

週二的早晨，她們打過網球和用了早餐以後，為了週四去瑪格麗特·韓德森家裡參加她的正式家庭晚宴，高登公爵的夫人、愛蕊絲計畫好要在週二的上午帶莎樂特上街買晚禮服。因為這次的晚宴是在三個星期以前就有收到的正式邀請函，有邀請函的晚宴會，就意味著來賓必須要穿戴正式的晚禮服。男人要穿西裝革履還要打黑色領結；女士要穿最時尚的晚禮服、還要佩戴顯赫的珠寶首飾。一個星期以前，愛蕊絲給瑪格麗特打了電話告訴她，自己和丈夫正好在這個星期裡，有一位從中國來的女士在家裡小住一個星期，希望知道自己能否帶上名叫莎樂特的中國女士一同參加她的正式家庭宴會。

愛蕊絲知道瑪格麗特雖然和湯瑪斯離婚了，但是，她自己和家父都對中國一直都非常有興趣和好感，愛蕊絲還知道瑪格麗特不是那種心胸狹窄的女人，只要大家不提起湯瑪斯，保證莎樂特和瑪格麗特能夠談得來。

在昨天晚上自己的家庭晚宴上，愛蕊絲已經把莎樂特介紹給了瑪格麗特，她們談到了許多有關中國和周瑟夫·尼塞姆翻譯的中國科技資料和研究中國問題的事情，瑪格麗特給莎樂特講了許多自己從父親的朋友和自己的前夫那裡得知的有關中國的情況。當然，莎樂特給瑪格麗特講了許多自己從中國帶來的第一手資

料，莎樂特還從與瑪格麗特的交談中確信自己做中國方面的博士學位研究，要比自己拼搏拿英國文學博士學位更能得心應手和容易。瑪格麗特也讚揚莎樂特的選擇高明和有遠見，莎樂特當然不會告訴瑪格麗特，那是她的前夫給自己出的主意。

現在愛蕊絲的首要任務是為莎樂特買到一件時髦又合體的晚禮服，她願意把自己合適的珠寶首飾出借給莎樂特用一個晚上。愛蕊絲與湯瑪斯商量過為莎樂特購置參加瑪格麗特的正式家庭晚宴需要的晚禮服的事，湯瑪斯希望莎樂特能在他自己的前妻面前有光彩照人、引人矚目的效果，他不會在意這筆開銷是要花掉多少錢。這些人從來都不在乎把錢花在自己需要弄到手上的那個女人的裝飾和首飾上。愛蕊絲帶著莎樂特到牛津的時裝街上，一家接一家地看他們晚禮服時裝櫃裡的產品，她要把莎樂特打扮和包裝成英國上層社會能接受和認可的有階級、有地位的女士。她們耐心仔細地尋找和試穿許多不同款式和材質的裙子、褲子和與之相搭配的女衫。

莎樂特在這方面沒有任何主見和經驗，她只有任憑愛蕊絲的擺佈。愛蕊絲告訴莎樂特：「晚禮服可以是袒胸露背的長裙或短裙。重要的是款式一定要最新穎、無人比擬、無人穿過最好。因為，女士最忌諱的便是發覺在舞會或晚宴上另外一個女士穿著與自己一模一樣的服裝。女人穿褲子行動比較方便，特別是要上下汽車的時候。但是，很不容易找到搭配得合體的女衫或外衣。短裙，看似很青春和性感，但是，必須在有特別訓練和特別練習過許多次以後，才能穿短裙，要有高雅優美的動作和素質，才能體現出青春活力的美麗與力量。好比說，穿著超短裙從汽車上走下

來時，要先把兩膝和雙腳併攏，待有男士為妳打開車門以後，將雙腿像盪鞦韆般盪到車門外，雙腳同時落地，同時你的上部身體還要一直保持亭亭玉立的姿勢，雙腿立地支撐著站立起來，才算是優美的動作，才能夠穿短裙。從汽車裡出來的過程說是容易，做起來很難。否則，就跟我一樣，只能望裙驚嘆，別想自己也能穿超短裙。」愛蕊絲幽默地說笑著講給莎樂特聽。

　　她們已經走過好幾家時裝店，但是，都沒有找到令她們滿意的衣裝。愛蕊絲決定帶莎樂特去倫敦的最大也是最著名的哈羅茲商場（Harrods）去買晚禮服。她們乘坐火車到了倫敦，再改乘坐地下鐵，地下的交通十分順利。中午的時候，她們到了倫敦的市中心。

　　愛蕊絲建議在倫敦的爵士橋咖啡館喝杯咖啡。「莎樂特，妳知道嗎，這裡可是我們英國的戴安娜王妃經常來與朋友喝咖啡的地方啊！」愛蕊絲很自豪地向莎樂特介紹說。莎樂特確實還沒有來過這個咖啡館，她覺得這間咖啡館很有英國的新潮特色，它既高雅豪華又前衛別致的裝飾，同時給客人一種特有的顯貴與超脫現實、新享受時代之感覺。

　　「我必須幫助妳找到合適的晚禮服不可，沒有時間在這裡享受太久，咱們還是快點去哈羅茲商場吧。」她們又乘坐地下鐵，在哈羅茲商場站下了地鐵，很快融進了倫敦的購物的人潮之中。

　　哈羅茲原本是英國人擁有的最為英國人自豪的富麗堂皇的華貴家族購物的商場之一，八十年代的經濟危機使其被持有埃及護照的商業巨頭拉法業特（Lafayette）買斷了。英國政府百般刁難不發給這位埃及鉅賈英國護照，老拉法業特費盡了心思，還是拿

不到英國的護照。但是，它的生意沒有為此受到影響，其名聲和實力仍然不遜當年。

愛蕊絲帶著莎樂特在穿流不息的遊客中蕩漾，與傲慢的貴婦人、闊小姐們擦肩躲臂，她們一心想在這個著名的哈羅茲商場的女裝部，找到一件奪目的晚禮服。

映入她們眼前的是琳瑯滿目的華貴女士服裝櫃檯和閃爍著珠光寶色的首飾專櫃，所有這些奢侈品都讓她們流連忘返，愛不釋手。愛蕊絲幫莎樂特又試了幾件款式高雅、質地華貴、價格連城的新潮晚禮服傑作。

最後，愛蕊絲看著莎樂特試穿的一件絲絨材質，無袖裸背，低胸長裙式晚禮服，愛蕊絲滿意地笑了並且說：「就是它了！莎樂特！穿上這件晚禮服，妳看上去光彩奪目！」莎樂特反覆地在落地式穿衣鏡子前，欣賞自己的形象，她也不敢相信一件衣服竟能使自己如此判若兩人地精神抖擻、氣質超凡。

她好像是自言自語又好像是對愛蕊絲說：「這是我自己嗎？我喜歡我這個樣子，我喜歡這件晚禮服。」她們倆都會意並滿足地笑了。

忽然，愛蕊絲好像又想起了什麼，她對莎樂特說：「走，我知道妳還需要什麼。」說著她們拿著這件晚禮服，由愛蕊絲帶著莎樂特又來到了女士內衣專賣櫃檯，這裡有各種各樣的性感女士內衣。

愛蕊絲告訴莎樂特說：「性感內衣是我們女士不可或缺的重要工具，它的挑逗性強，可以使男人的野性大發，在房間裡追得妳到處跑，調得他圍著妳的小手指轉圈圈，才開心呢！」莎樂特

不好意思地微笑，她沒有說話，還是愛蕊絲為她選了幾套不同款式和顏色的性感透頂的內衣，莎樂特乖乖地拿去試衣間裡試穿，再告訴愛蕊絲自己穿哪種合適，再由愛蕊絲刷卡把晚禮服和內衣的帳結清。

最後，她們拎著大包小裹，從哈羅茲走出來，搭地鐵至火車站轉乘火車。在她們乘坐火車返回牛津的路途中，她們還在喋喋不休地談論在哈羅茲購物的經歷和買到這件稱心如意晚禮服的幸運與興奮的感覺。愛蕊絲告訴莎樂特今天的收穫不小，到家之後，她會給湯瑪斯打個電話來告訴他，讓他也分享這個好消息。

她們在牛津的火車站下了火車以後，叫了一輛計程車返回郊外的家裡。高登公爵已經幾吃過晚餐，正在客廳裡看電視，她們回到家裡，老公爵高登告訴愛蕊絲說：「妳們的晚飯留在了低溫烤箱裡，廚師回家了。妳們自己吃飯吧。湯瑪斯打了三次電話詢問妳們的購物情況，最好在飯後給他回個電話。」

愛蕊絲和莎樂特兩人去廚房簡單地吃了廚師準備好了的晚飯。然後，愛蕊絲立即拿起話筒，撥通了湯瑪斯的電話。湯瑪斯好像是守候在電話機旁等著她的電話一樣，電話鈴剛響了兩聲，湯瑪斯立即就拿起了電話。愛蕊絲把當天購物的情景仔仔細細、有聲有色地講給湯瑪斯聽，然後大笑著說：「你等不及到星期五的晚上來見你的莎樂特，要不要跟她先說幾句話？」湯瑪斯馬上答應道：「當然，一切都是妳的功勞，把帳單給我，功勞歸妳。謝謝妳的一切努力。我現在能和莎樂特講上一句嗎？暫時談到此，晚安愛蕊絲。」

愛蕊絲把電話筒遞給了莎樂特，自己找丈夫聊天去了。莎樂特拿著電話筒聽湯瑪斯重複愛蕊絲講的故事，也告訴湯瑪斯說她自己確實也喜歡這件晚禮服，而且很擔心這件衣服的昂貴價格會給湯瑪斯帶來麻煩。

　　湯瑪斯說：「親愛的莎樂特，為了妳的歡心，我情願花這筆錢，妳知道嗎，現在跟妳講話，我的身體已經發出信號有了反應……」莎樂特不解地問：「你的話是什麼意思？」湯瑪斯說：「我的下體已經挺直勃起，有強烈需要跟妳上床做愛的欲望。我想妳想得好苦！我愛妳！」此時，莎樂特的身體也癱軟如泥，她也有了同樣的渴望做愛的感覺。她輕輕地說了一聲：「我也愛你，我也需要你！讓我們再忍耐幾天吧，這是你的安排。晚安！」說完，她把電話掛斷了。莎樂特與高登夫婦打了招呼說了晚安就去自己的房間休息去了。

＊　　　　＊　　　　＊

　　星期三晚上，在牛津大街西餐廳裡的三位一桌，是上星期六的下午，由約翰‧高登公爵親自打電話預訂好的餐廳位置。按英國人的習慣，男士帶女士去高級餐廳吃飯，就跟去正式的酒會晚宴一樣莊重，男女客人都必須穿著正式得體才能被允許進入餐廳。一切由男士主動來為他的客人、女士或女士們打理。

　　愛蕊絲告訴莎樂特這是為了明天去瑪格麗特家裡的宴會而安排的演習。臨行前，愛蕊絲幫助莎樂特在自己的衣櫃和首飾盒裡選擇了與她的新晚禮服相配的項鏈、耳環、手提包和一件黑色羊

毛絨的大衣。愛蕊絲也把在餐廳訂菜和訂酒飲酒的規矩跟莎樂特講了一遍。

這幾天來，每天和愛蕊絲在一起用餐，莎樂特已經對自己掌握的在餐桌上的講究與技巧滿懷信心了。她告訴愛蕊絲自己只是對訂菜和訂酒沒有太大的把握。因為，莎樂特認為自己不懂英國的食譜上寫的名字意味著什麼味道的菜。對於訂酒她就更有些茫然若失，因為她很少品嚐各種酒的味道，到目前為止，自己只認為愛爾蘭產的奶酒（Baileys）不錯，其他品種的酒，似乎還沒有被她發掘或接納。

愛蕊絲告訴莎樂特，不要擔心訂酒的事，約翰・高登會關照這些。他會在兩位女士選定了主餐以後，決定要哪種酒來搭配她們的主餐。當然，愛蕊絲會幫助莎樂特來弄明白菜譜上每道菜寫的內容是什麼東西，她會詳細地介紹每道菜的主要用料、調料和其口味，然後由莎樂特自己決定她自己喜歡吃的湯、主餐、甜點、乳酪和咖啡。最後，愛蕊絲告訴莎樂特，他們三人將會乘坐計程車去餐廳，再坐計程車回來，整個晚上大概需要四至五個小時的時間。

牛津郊外的晚上，外面下著四月的細雨、又冷又潮濕。計程車在濕漉漉的街上緩緩行駛，在穿過牛津市裡的時裝大街時，愛蕊絲對牛津沒有像倫敦那樣的大時裝商場感到不滿和惋惜。她對莎樂特抱怨說，住在牛津，什麼都好，只是購買最新款式的女裝、時裝不如在倫敦市中心那樣的方便。去倫敦往往要花上一整天的時間，況且，倫敦旅客太多、地鐵擁擠、計程車堵塞、噪音加上污染，如遇上這樣的陰雨天，那就更糟糕，更令人無精

打采。老公爵告訴她不要再抱怨了，不要影響大家去吃晚餐的胃口。

　　計程車到了西餐廳的門口，馬上有侍從撐著雨傘為他們打開計程車的車門，引他們入大堂。老公爵告訴了自己預約的餐桌之後，侍從問他們是否願意先去酒吧喝點東西，還是直接去餐桌就座。老公爵徵求女士們的意見，愛蕊絲表示時間還早，可以先去酒吧喝些酒水飲料之類的，她詢問莎樂特的意見如何，莎樂特欣然同意。

　　到了酒吧，老公爵先問女士們要喝什麼酒水，愛蕊絲說她要喝琴酒（Gin）加檸檬片和礦泉水。莎樂特要了一個薑汁啤酒，老公爵給自己也要了一個琴酒加檸檬片。這樣，他們就先在酒吧裡坐了下來。

　　酒吧裡，多數喝酒的人們看上去全都是十分開心。大家有說有笑，談笑風生，愛蕊絲告訴莎樂特，酒吧是英國最喜歡和開心來的地方，只有在酒吧，才可以把平時在街上看到的那些總是愁眉不展、悶悶不樂、或是「守財奴」一樣的臉，一掃而光。因為在酒吧裡，所有的人都成了無憂無慮的樂天派。在酒吧坐了有一個小時之後，他們才把酒杯放下，悠閒地步入餐廳。

　　餐廳裡的氣氛十分高雅和輕鬆愉快，老公爵先要了一瓶香檳酒，他們一邊喝香檳酒一遍聊天，一邊聽現場鋼琴演奏。愛蕊絲幫莎樂特選定了晚餐的湯和主餐以後，老高登又要了一瓶葡萄酒，侍從把他要的那種葡萄酒的酒瓶原封不動拿到了餐桌上，讓老公爵確認是正確的酒，並且是一瓶完全沒有開封過的酒以後，當著他們的面，把葡萄酒打開，為他們斟酒後離去。

他們談論的內容主要是去了哪裡度假和要去哪裡度假，愛蕊絲問起莎樂特有沒有度假計畫，莎樂特告訴她自己離開中國已經快四年了，很想回去看看兒子，如果博士論文順利的話，她會在夏天回家看兒子了。

　　愛蕊絲很同情地表示自己也會那樣做的，還說最好是能把她的兒子接英國來讀書，她們母子可以經常在一起。這話正中莎樂特的心意。於是，莎樂特就告訴了愛蕊絲說她自己的丈夫在兩年前來英國訪問時，已經暗示自己，當了副市長的他已經另有所愛了，他和沙玉花的婚姻已經到了無法挽回的地步，他們的孩子可以來英國上學，離婚手續可以在自己回國後的任何一個時間裡去辦理。

　　愛蕊絲表示更加同情和理解，她說在英國有法律規定夫妻分居三年，就是合法的離婚理由，況且，莎樂特和丈夫已經分開四年之久，這樣的分居生活對他們的孩子、莎樂特本人和她的丈夫全都不夠公平。

　　接著，愛蕊絲告訴莎樂特，她自己和丈夫準備在復活節去瑞士的日內瓦遊玩，他們已經預訂好機票，在瑞士也預定好了他們的旅館，希望在那裡能夠充分享受到藍天、碧水、青山和自由自在的悠閒假日。英國人每當談到自己的假日計畫，總是充滿了喜悅、希望和興奮，連在一旁插不上嘴的老公爵都喜孜孜地表現出他自己對假日也有著無限的憧憬、渴望和自豪感。

　　為了明天能夠正常地參加晚宴和酒席，愛蕊絲建議他們今晚就不要喝太多的酒精，大家用完了甜點和咖啡，沒坐很久，就由老公爵示意侍從來結賬和安排計程車回家休息了。他們走出餐

廳，外面的細雨還是沒完沒了地下著。好在計程車已經到了，為他們撐傘的兩位侍從，分別為他們把計程車的車門打開，老公爵把一些小費塞在了他們的手裡，說了聲謝謝，就鑽進了計程車裡。

＊　　　　＊　　　　＊

週四在瑪格麗特家裡的晚宴定於晚上八點半開始，但是，瑪格麗特給愛蕊絲打來電話說希望他們提早半個小時能夠到達她的家裡。那樣可以讓莎樂特有足夠的時間熟悉她的房子和花園，高登夫婦可以提前開始喝雪莉酒，這樣的安排迎合每一個人的心願，於是也就這樣定了下來。

從下午三點起，愛蕊絲的個人著裝、髮型、形象設計師，法國人皮爾和他的助手方斯就來到了高登的家裡。他們是專門為公爵夫婦和莎樂特做髮型、試穿晚禮服裝和造形的設計師。

皮爾在離高登夫婦家裡不遠的地方，開設自己的美髮造形工作室。但是他需要更多的收入來維持他和男朋友方斯在週末享受的奢侈淫亂的同性戀生活方式。所以，皮爾有高登這樣的有錢人偶爾聘請他們到自己的家裡來，提供到府服務，從中賺到豐厚的現金收入。

皮爾先在愛蕊絲的房間裡為她做髮型設計、選衣服和鞋子。在愛蕊絲房間裡的兩個大衣櫃裡，擺滿了上百種各款各式的晚禮服、連衣裙、套裙、皮鞋、涼鞋、高筒靴子。皮爾把這些衣物一件一件地拿起來與愛蕊絲要穿的晚禮服對比，再讓愛蕊絲對著鏡

二手夫人

子來試穿，花了好大一番功夫，皮爾才拿出權威式的意見對耐心任他擺佈的愛蕊絲說：「愛蕊絲‧高登夫人，您有相當標準的英國女人的身材，又有絕對壓人的高貴氣質，這件華麗高雅藍底黃紅花相間的絲質連衣裙，配上您的鑽石項鏈（皮爾知道英國人有在晚上六點鐘以後，才可以戴鑽石首飾的習慣；愛蕊絲的酒宴是在晚上八點以後才開始。）與紅寶石耳環準能恰當地展現出您的條件，也最適合今晚的場合，再讓我來找到一頂大沿女帽，您本身個子夠高挑，穿時髦的平底藍色軟皮鞋，就最好不過了！」

「真是這樣嗎，皮爾？我可是你多年的老客戶了，你可要誠實地告訴我真話呀。」其實，愛蕊絲總是對皮爾的意見十分欣賞和虔誠地採納，這是經過了許多次考驗和證實了的結果，用愛蕊絲自己的話說：「沒有皮爾的點綴，我就不能接受任何人的邀請，無法邁進任何人的酒會。」

在莎樂特的臨時房間裡，莎樂特用毛巾浴衣裹著身子，方斯正在為皮爾來給莎樂特設計髮型做準備工作。他已經幫助莎樂特把頭髮洗好了，用一條大毛巾把莎樂特的頭髮給裹纏得緊緊的，等待皮爾做完了愛蕊絲的頭髮後，再來幫助莎樂特做髮型。莎樂特的嶄新的晚禮服就掛在了這個房間裡的大衣櫃子門上的外邊，晚禮服的下邊擺放著許多種女士皮鞋，顯然，是等待皮爾的專家意見來最後選定，還有各種首飾，這些都是愛蕊絲臨時借給莎樂特用的裝飾品。

到晚上八點鐘以前，高登夫婦已經穿戴好了。老高登穿上他那閃光絲製的黑色燕尾服，褲子與上裝相搭配，兩個外褲腿邊上也有鑲嵌著黑色閃光絲；褲腿長度自然地搭落在黑色尖頭皮鞋

上，頭戴黑禮帽，手執文明杖，紳士的道味十足。夫人愛蕊絲・高登身著華麗高雅藍底黃紅花相間的連衣裙，頭戴相配套的大沿女帽，加上鑽石項鏈、紅寶石耳環和鑽石戒指。愛蕊絲真可謂是一位顯赫耀眼的貴婦人。莎樂特身穿那件性感又青春的無袖裸背、高雅逸秀的晚禮服，戴著淺藍色的寶石項鏈和鑽石耳環，左手無名指上沒有戴戒指，但是，左手的中指上戴著一顆美麗的玉石戒指，她的頭髮梳成一個高高的髻，用一個美麗金色的卡子從上面把髻卡住，金色的高跟涼鞋和金色手提包相配，讓不滿三十歲的莎樂特渾身散發出青春的美麗和光彩照人的魅力。

八點整，由老公爵安排好計程車來接他們三人去到瑪格麗特的家，十一點鐘時再送回到自己的家裡，因為他們倆夫婦都要在宴會上飲酒，都不能開車。老公爵拿著一瓶用金紅色包裝紙袋包好了的白蘭地酒坐在出租司機的身邊，愛蕊絲和莎樂特坐在後面，他們整點到達瑪格麗特的鄉村豪宅的大門口。

身著華貴的主人瑪格麗特・韓德森與高登夫婦親吻問候以後，把他們引進自己的豪宅裡面。給高登夫婦斟酒以後，請他們關照其他被邀請的即將到來的朋友，她自己拉著莎樂特的手說：「請跟我來，讓妳熟悉一下我的房間，這個房子裡有五個洗手間，妳喜歡用那個就去用那個，這是我的書房，妳肯定會喜歡裡面的古代中國的仕女圖和古字畫，還有這些小巧玲瓏、別致精雅的玉石小玩物。我總認為我這塊地上鋪著的地毯，它有著強烈的東方波斯的味道。這些有的是我父母傳給我的，有的是我和我的前夫湯瑪斯生活在一起的時候收藏的東西。啊！莎樂特妳今天打扮得真漂亮，妳本人就很漂亮，比畫上的美人還精美娟秀。」瑪

格麗特欣賞與誇獎莎樂特為了來自己的家裡作客所做出的個人努力。

　　莎樂特明白愛蕊絲的辛勤與努力終於沒有白費，最終得到了承認。她也就愉快地說：「謝謝妳的誇獎，這可是愛蕊絲的功勞。」瑪格麗特馬上附和著說：「愛蕊絲是非常好客和友好的人，我們認識有三十多年了，我們一直是要好的朋友。我帶妳去看看我的中國廳吧。」在瑪格麗特的中國廳裡，擺放著精美別致的中國明朝和清朝的古典傢俱和西藏式的佛像和地毯。

　　瑪格麗特自豪地說：「莎樂特，對這些傢俱妳大概要比我知道得多，如果我說錯了，請給我糾正。這是紫檀木的平頭案，它看上去簡約流暢，其實卻有真正的高尚的氣質；還有這對黃花梨木的雙套環玫瑰椅子，如果妳仔細看，就不難看出它的繁縟之風和奢華。那對兒核桃木的六角方几是我最喜歡的中國傢俱，它的造型華麗精巧，線條窈窕簡單，這是中國的明朝時期的傑作。在海灣型窗子邊上的黃花梨木的架子床，它體現著中國顯赫家族的華美氣派和豪爽奔放的審美觀。妳看這裡有多麼精細和別緻的透雕加浮雕結合起來的裝飾板，把它的濃豔與精煉的審美思想表現得淋漓透澈，使其交相輝映。這個中青花梅瓶和康熙青花瓷器也又是中國古代藝人的匠心佳作，它唯妙唯肖地表現出了中國古代藝人的舉世絕技。這幅母子山水圖是宋朝畫家的作品，我們至今仍然驚訝地看到當時的高超的繪畫技巧，把金碧山水和母子深情描繪得如此逼真和炫耀。我也喜歡那邊的雍容華貴的牡丹花字畫，它能體現出中國當時的國富民樂和學者清雅逸氣的風格。妳有聽說過李約瑟博士曾經評論過中國的宋朝藝術品嗎？他說：

『當人們在中國的歷史文獻中查考任何一種具體的科技史料時，往往都能發現它的焦點就在中國的宋朝。』我們英國人看中國人的時候，總是要想到中國人文明的歷史和令人欽佩的文化與聰明的發明。我相信莎樂特妳在這些方面肯定比我更有鑑賞力和熱情。」

莎樂特一時不知如何答覆瑪格麗特，想了一會，她說：「很多中國古代佳作，在文化大革命運動中都被砸掉了，您的這些東西我只有在中國的博物館裡才能看得到。」

瑪格麗特很惋惜地說：「中國的文化悠久，歷史漫長，傑作也是舉世驚歎的，只是傳下來的東西越來越少，所以它的價值也就越來越高。從我的祖父母起，他們就有收藏中國古典傢俱和古典青白花瓷器的愛好，到我這裡已經是第三代人了。我們對中國古代藝人的審美觀與製造的絕技非常驚歎和欽佩。」

莎樂特點頭表示同意，同時她指著擺放在平頭案上的古箏問瑪格麗特說：「您的收藏品實在令我羨慕，謝謝您讓我有此眼福。您會彈奏古箏嗎？」

瑪格麗特馬上說：「我不會彈，那是多年前，我的前夫湯瑪斯・韓德森在中國留學時，給我們的女兒買回來的，沒有人會彈奏，孩子也沒有老師教他們來彈琴。現在孩子都長大了，可是從來還是沒有人能彈奏過這個中國樂器。妳懂玩音樂嗎？其實，我很幸運，也很自豪能有這些中國的古代藝術佳作，有中國朋友更是讓我歡欣鼓舞，在我的書房裡，妳能看到了許多有關中國古藝術品的著作。我的父母和我都對中國和中國人有特別的羨慕和好感。我父親的好友，已故去的周瑟夫寫了很多有關中國偉大的發

二手夫人

明和創造方面的著作，在我的書房裡，有周瑟夫的全部著作。如果妳有興趣，妳可以花些時間，在我的書房裡閱讀這些書。妳可以跟愛蕊絲說來我家住幾天，相信妳也會有很大的收穫，也許對妳的博士學位的寫作大有幫助呢。」

莎樂特對瑪格麗特的熱情、開朗和爽快地邀請表現出特別的感激，她對瑪格麗特的收藏饒有興趣，尤其是古箏。她問瑪格麗特她自己是否可以彈撥放在平頭案上的古箏。同時，表示自己願意考慮她的友好建議與邀請。

瑪格麗特驚喜地對莎樂特說：「真的嗎？如果妳能彈奏，今晚的音樂會將會別出心裁，我這位東道主也會十分滿意，請試一試吧。」

莎樂特撥動琴弦，奏出與廳內的藝術品和傢俱和諧優雅的韻律。瑪格麗特驚奇得目瞪口呆，她高聲地說：「妳是多麼了不起的中國女人！了不起的莎樂特！妳能讓我熟睡了多年的收藏品發出如此美妙的聲音！我們能暫時保守這個秘密嗎？待到晚宴過後，妳給我們大家一個真正的驚喜，好嗎？」莎樂特點頭表示同意，並說：「當然！我願意為您這樣做。」

瑪格麗特仍然興奮不已，她拉著莎樂特的手說：「我被妳的音樂技藝給懾服住了！相信我們的朋友也會有同感，並為妳的表演喝采稱讚。讓我們恪守這個秘密，等到晚宴之後的音樂會，那可就要看妳露一手高超技藝了。」

莎樂特告訴瑪格麗特中國有句名言：「千天的琵琶，半天的箏。」學彈古箏不難，如果她有興趣，自己可以來教她彈奏。顯

然，瑪格麗特喜歡聽，並不是有意真正要學習演奏中國的樂器，她們談著走出了中國廳。

這會兒，其他的客人也斷斷續續地到來了，瑪格麗特把莎樂特介紹給自己其他的朋友，讓莎樂特與自己的客人們自由交談，自己去關照其他客人的酒水和安排當晚的宴會事務去了。

宴會桌上，客人們討論的焦點都集中在中國的古代藝術品，中國的音樂和當代中國的發展變化方面，瑪格麗特的客人們對莎樂特和莎樂特身後的中國都充滿了興趣。當然，她已經告訴了她自己的客人們，她自己那個急不可待的「秘密」。

晚宴還沒完全結束，大家就拿著自己的酒杯，跟著瑪格麗特到了她的中國廳來欣賞莎樂特的專場音樂會的表演。莎樂特舞動琴弦，奏出優美動聽的中國古典音樂名曲《春江花月夜》。一首下來，高登夫婦和瑪格麗特的其他客人們一樣，既驚歎又喜悅，更是讚不絕口，大家執意要求莎樂特再來演奏一曲，莎樂特也就興趣盎然，連續彈奏了樂曲《月兒高》和《高山流水》。大家又是熱烈的鼓掌和讚歎。還是東道主瑪格麗特更能烘托氣氛、更會把客人的娛樂情緒推向高潮。她把客人們引導到她的大客廳裡，自己坐在了鋼琴前的皮椅上，熟練地演奏起中國四十年代著名作曲家陳歌辛的名曲《薔薇薔薇處處開》和《香格里拉》，所有在場的客人都被瑪格麗特的即興懷舊表演給迷醉了，有的客人還開始隨著音樂翩翩起舞。隨即，她請愛蕊絲為她彈奏了義大利歌劇名曲，自己滿腹激情地用義大利語演唱起來，直到純濃的咖啡被送到了大客廳裡，大家才又拾起了音樂和藝術的話題，談笑風生直到晚宴結束。

幾乎在整個的晚會上，瑪格麗特的客人們，都把莎樂特當成明星人物般來談論她代表的中國、她要做的事和她彈奏的音樂。他們告訴莎樂特：「中國是我們心目中很了不起的國家，她是個那麼神秘和令人嚮往的東方世界！我們從周瑟夫等英國人的著作裡，知道了一些古代中國的傑出藝術品、中國的發明、創造和文化生活的情況，還不太知道當代中國的發明、創造和社會文化、藝術生活的情況，如果能有一部這方面的書，可算是在西方世界裡的一鳴驚人的創舉。」客人們對湯瑪斯灌輸給莎樂特的思想添加了許多肯定的因素。

　　莎樂特的腦海裡不停地迴盪著這些激勵和鼓動性的話語，同時閃現出瑪格麗特家裡中國廳裡的一幅幅令人驚歎的藝術收藏品的畫面。她在想像著自己的即將出版的著作有湯瑪斯作後臺，在歐美大陸出版後，就會有大筆大筆的鈔票向她飛來，她和湯瑪斯就能用這些金錢來換取到如此精湛的、在中國大陸都很少見到的古代藝術傑作。這樣的生活情調，這種生活的方式，以前只有在故宮博物館裡才能看得到。自己從來連做夢都不曾想到自己能會有如此的生活，現在的事實竟然是近在咫尺。莎樂特覺得夢想觸手可及，很容易地得到像瑪格麗特那樣的收藏品，像愛蕊絲那樣的生活方式，只要她莎樂特想要得到，她肯去按照湯瑪斯的意願去做，也就是跟著湯瑪斯合作，她便可以像西方人那樣擁有一切她們的生活方式和生活的情調……。她情不自禁地打了個冷顫，「夜深了，妳冷了吧，莎樂特，咱們就要到家了。」在回家的出租汽車裡，愛蕊絲擔心地關照在自己保護下作客的莎樂特。「沒關係，謝謝妳，愛蕊

絲，我只是有點睏倦了。」莎樂特掩飾住了她自己內心真正的
想法。

Chapter 3

融入英國上層社會圈

　　星期五上午十一點鐘，愛蕊絲剛剛從自己家後花園裡的游泳池裡爬出來，她用大毛巾浴袍裹著自己的身體，徑直走到廚房裡，煮了一杯熱咖啡加上牛奶，自己喝了幾口，又做了一杯熱咖啡想要送到莎樂特的房間。

　　在門前，愛蕊絲敲門說：「妳早啊，莎樂特，睡醒了嗎？我給妳送來了一杯熱咖啡。」

　　莎樂特在房間裡回答：「請進，愛蕊絲，我早醒了，我在看書。」

　　愛蕊絲走進房間來，她把咖啡遞給了莎樂特並微笑著問她：「昨天晚上，妳在瑪格麗特家玩得開心嗎？妳的音樂天才真了不起，很讓人敬佩。」

　　莎樂特不假思索地回答：「我當然開心了，謝謝您的安排。我沒有想到在瑪格麗特家裡能碰到中國的樂器，看到古箏，我也是驚喜得愛不釋手，手一癢癢，就即興給大家演奏了它。」

　　愛蕊絲又問：「妳演奏得很熟練，好極了。湯瑪斯沒有告訴妳，他的前妻瑪格麗特有把古箏嗎？」

莎樂特搖頭說：「我們從來沒有談到他和瑪格麗特的事，他們都是基督徒吧？因為我在瑪格麗特家的書房裡，看到了他們在教堂裡舉行婚禮時的照片。瑪格麗特和湯瑪斯離婚以後，她沒有再婚嗎？」

　　愛蕊絲在莎樂特的床邊上坐了下來，她若有所思地望著莎樂特說：「那可是二十多年以前的事了，我和我的丈夫約翰都去參加了他們的婚禮。我們一直認為他們有共同的語言，那就是對中國方面的興趣，也是這個共同的興趣，才把他們兩個人聯在了一起。是什麼原因又把他們分開了，就很難說了，我們知道湯瑪斯對妳很有好感，每次他向我們提起妳，都是眉飛色舞、興奮不已。」

　　莎樂特不好意思地說：「湯瑪斯比我大二十三歲，他又有了位荷蘭太太。但是，我們的感情從一開始就很好，我喜歡和他在一起。但是，我不知道自己的下一步該怎麼走。對不起來問您，您是基督徒嗎？湯瑪斯與他的荷蘭太太的婚禮也是在教堂裡舉行的嗎？」

　　愛蕊絲想了想說：「我很小的時候就接受了牧師在教堂裡的洗禮，我能說自己是基督徒，我和我丈夫的婚禮也是在教堂裡舉行的。我們的女兒上個月的婚禮也是在教堂裡舉行的。英國的基督徒很注重他們的第一次婚禮，大多在自己喜歡和常去的教堂裡舉行自己的婚禮，在雙方的親戚、朋友和所有的來賓面前舉行即莊重又隆重的儀式，有伴郎和伴娘，有香檳酒和鮮花的陪伴，這樣能夠給新婚夫婦一種極大的幸福和自豪感。年輕的姑娘們更是注重她們有生以來夢寐以求的浪漫婚禮的儀式，她們總要把自

己的第一次婚禮與自己今後一生的幸福聯接在一起。婚禮的儀式越隆重也就能代表姑娘今後的生活越幸福，所以她們總要把自己的婚禮做的格外隆重。拿我們的女兒婚禮來說，在結婚以前，他們男女雙方在準備婚禮的過程中，不但要計畫他們自己喜歡的結婚禮服、婚禮蛋糕、婚宴邀請函和蜜月計畫，還要先去找自己喜歡的教堂的牧師安排他們的婚禮儀式。他們喜歡的教堂，是一座十七世紀古典建築的教堂，座落在離我們的家有十五公里遠的山區小村上。他們自己找到了那裡的牧師，跟他談了他們的要求，那位牧師答應為他們主持婚禮的條件是：他們要在婚禮正式舉行之前的半年裡，需要堅持在每個星期天的上午，都要到他的教堂裡做禮拜，還要找個時間坐下來跟兩位年輕的新人談一談，因為不管男女雙方怎麼樣認為他們已經是互相深愛了，他們自己已經找到了在許多方面都能夠達成共識的相同點，他們必定仍然是兩個有著不同的文化生活背景的不同的人，有著不同的生活經驗、不同的個性、不同的希望與不同的擔心。為他們主持婚禮的牧師，希望能夠與他們共同談一談這些方面的問題。女兒告訴我，牧師跟他們講他們要談的主要問題大概是：雙方的交流與溝通；金錢的問題；如何面對不同的意見和分歧；性生活的問題；雙方家長的問題；養兒育女的問題等等。因為婚禮，只是兩人高興一天的大事，而婚姻卻是夫妻生活和夫妻幸福一輩子的大事。」

　　說著，愛蕊絲從房間的書架上拿出她女兒的婚禮影集給莎樂特看，繼續說：「我女兒的婚禮，妳可以從這些照片上看到，那天的英國基督教式婚禮就是在這個古樸、典雅、芳香的教堂裡舉行的。教堂外面有巨大的古石頭壘砌的圍牆，圍牆的內外都是碧

綠的草地和野花，遠處有俊美的群山和小溪。這個山村只有十來戶人家，他們都十分友好熱情地參加了我女兒和女婿的婚禮。記得那天的天氣非常很好，藍天白雲，只是特別的冷。我們雙方家長和親戚朋友，參加婚禮的有好幾十人，大家都沒有地方停車，全都把車停放在了村外邊，步行來到這個座落在半山腰上的小教堂裡。我的女兒穿著拖地白色婚紗禮服，從車裡剛一鑽出來，挽著她父親的胳膊直打哆嗦，她的伴娘們也很冷，她一個好朋友當她的伴娘，為她拉著拖地的婚紗，大家一路上小跑，跑到這個教堂裡。按照習慣，新娘由她的父親用右臂挽著，最後進入教堂。我和瑪格麗特到了的時候，教堂裡的來賓已經很多了。又是古老的習慣，新娘家的賓客要坐在教堂的左面，我和瑪格麗特就坐在了左邊的最前面的前排座位上；新郎家的賓客要全部坐在教堂的右面；其他的朋友坐在教堂的後面，這樣整個教堂的座位基本上就全都被坐滿了。」

「對了，我還要給妳解釋清楚一點，就是當瑪格麗特的大女兒出嫁的那一天，瑪格麗特和湯瑪斯按照基督教會的要求，他們作為女兒的親生父母，必須坐在一起。金娜沒有參加婚禮，如果她來的話，她只能自己坐在教堂的後排，或者跟朋友一起坐在教堂的最後面，她本人沒有權利坐在新娘家屬所佔用的教堂左面的座位上。」

「我們坐下之後，由牧師向來到他的教堂裡參加婚禮的全體人員表示歡迎，這些人都是新郎和新娘的雙方家長和他們的親戚朋友，以及村上教會裡的常客，他們都是為新婚夫婦的婚禮當證明人，為他們提供支持和分享他們的幸福而來的。我的女兒左手

挽著她的父親的右臂，喜悅、自豪地走到了教堂的主講臺上，她的父親把她的手交給正在那裡等候著她的未婚夫的手裡，自己回到我的身旁坐下。在那之前，有瑪格麗特一直形影不離地陪伴著我。從照片上，妳可以看到，英國的女士在教堂裡可以不用摘掉她們美麗的時裝帽；而男士們必須摘掉他們的禮帽。湯瑪斯和金娜坐在這兒，他們選擇坐在教堂的後面。」

「婚禮儀式正式開始。牧師首先解釋給大家，為什麼基督徒選擇舉行基督式婚禮，婚禮與婚姻對基督徒來說，它的重要性何在。隨後，男方或女方也要按照英國法律要求，提出質問，質問的內容是這個婚姻是否合乎英國法律規定的條列。一、婚姻是否有一方不是出自個人情願而是被迫從婚？二、男女雙方是否全都有健康的心理和理智渴望成婚？三、要求結婚的雙方是異性的男女，不是同性戀愛者？四、要求結婚的男女雙方沒有近親的血緣關係？五、要求結婚的男女雙方，沒有任何一方是有婚之夫或者是有婚之婦？至此，那位牧師，很具幽默感和風趣地面向所有在場的來賓，他笑著問大家說：『尊敬的在座的貴賓和我的朋友們，如果你們中間有任何人對以上的任何一個問題的答案有不同的意見和需要我們大家知道的其他答案，敬請講給我們，相信我可以代表在座的各位說我們願意洗耳恭聽。』在場的人齊聲答道：『我們對所有的回答都非常地滿意！』牧師點頭微笑也表示滿意，繼續主持婚禮的儀式。」

「牧師要求男女雙方在上帝面前，在雙方的親戚朋友和全體見證人的面前保證，婚禮之後，新婚夫婦將會互相鍾愛、互相體貼、互相安慰、互相保護和共同虔誠地做恩愛夫妻，忠誠到老、

至死不悔。牧師也要求參加這次婚禮的在場的全體見證人保證，要為新婚夫婦的婚姻生活幸福和順利給予他們應盡的幫助和支持。然後，牧師要求新婚夫婦面對著面地緊握起他們的右手來做婚禮儀式宣誓。男方先對女方說：『從此時此刻起，妳就是我的太太。不論順境或是逆境、富裕或貧窮、健康或疾病，我們都要相敬相愛直到白頭到老。』然後，女方再對男方說：『從此時此刻起，你就是我的丈夫。不論順境或是逆境、富裕或貧窮、健康或疾病，我們都要相敬相愛直到白頭到老。』這刻的場面是最令人激動、最打動人心弦的時刻，我自己和身邊的瑪格麗特還有許多其他走過來的女人都被此情此景打動了心，而熱淚盈眶得不能自主！當然走到白頭到老的那一天實在是太不容易了！接下來就是這對也是熱淚盈眶的新婚夫婦，在牧師和所有見證人面前，交換他們準備好了的結婚戒指的儀式。交換戒指，是為了提示戴戒指的雙方無時無刻地想著他們共同有過的誓約：自己已經是在上帝面前宣過誓的，會用自己的榮譽和身心保證，與自己的另一半的愛人有福同享、有難同當，他們是有了正式基督教婚約的夫婦。此時，牧師莊重地向全體在座的人士宣佈：這對新婚男女正式成為新婚夫妻，讓我們大家向新婚夫婦祝福，上帝保佑這對新人。」

「莎樂特，妳一定要聽明白，不是牧師給了或者是完成新婚夫婦的婚禮，而是新婚夫婦他們自己把自己給了自己愛的另一方。牧師只是主持了他們的婚禮，也只是他們婚禮的見證人之一。新婚夫婦可以在牧師的主持和安排下做祈禱，好比說，祈禱婚後生兒育女，生活平穩等等。再往後，就是在座的見證人和來

賓一起唱事先安排好的聖歌。新婚夫婦可以在唱完聖歌以後，到教堂後面的辦公室裡，在結婚證書上簽字，簽字時有伴郎和伴娘做見證人，雙方的見證人也要在結婚證書上簽字，一式兩份，牧師交給新婚夫婦保存一份，另一份要交給當地的市政管理局保存。婚禮的教堂儀式舉行完畢後，按照新婚夫婦的意願，他們可以舉行新婚酒宴，共用新婚蛋糕，新婚舞會，蜜月也就這樣跟著就開始了。」

愛蕊絲一口氣給莎樂特講了一遍自己的女兒在英國鄉村的婚禮儀式是怎樣舉行的，接著她又翻到另外的一張照片說：「莎樂特，給妳看看這一張，這是我的女兒在教堂的婚禮儀式之後，在她哥哥的陪同下，偷偷地跑到教堂的後面，點根煙，放鬆地吸上一口新鮮的空氣，讓她自己緊張的神經也在美麗的大自然中暫時解脫。她的丈夫不吸煙，也不喜歡她吸煙。但是，我的兩個孩子都會抽煙，我年輕時也抽煙，現在我戒了。偶爾，也吸一口約翰的雪茄。這張照片是我女兒的伴娘給拍下來的。這張照片記錄了她和她的哥哥在一起愉快開心地吸煙，如同他們沒有成家前的往日一樣，開心說笑逗樂，無憂無慮過日子一樣的生活。她的婚禮是她新生活的一個里程碑，也是她童年生活一去不再復返的一個句號。」

說道此，愛蕊絲用飽經滄桑和過來人的語調說：「現在的女子對自己的幸福和性愛的追求有自己的標準，妳有聽說過嗎？如果第一次的性生活不是很好，不是很開心的話，她會認為下次會好些；如果第一次的性生活是非常快樂和開心的，她會想到下次就會走下坡路了。但是大多數的女子，如果認為同某個男人的性

生活真正地給她帶來了萬分的愉悅和開心，確實讓她有了這是她有生以來性交生活最高興最開心的感覺的話，那就意味著兩個人應該生活在一起了。令人失望的是，男人最中意和最熱愛有開心的性生活，他們總會把最好的感覺給予跟自己做愛的那個癡情的女人，又在以後的跟她的每一次性交生活中，都盡量做得更好來讓她更開心更愉悅。但是，男人並不希望自己有婚姻的束縛，不想跟那個想要控制住自己的女人結婚，不想娶那個癡心的女人做老婆，不需要對自己現有的生活發生任何性質的改變，或是有其他方面更大的牽連，只是簡單地需要享受最愉快地性生活。所以，婚禮儀式歸儀式，在英國能夠恪守婚約的夫妻越來越少了。我相信妳肯定也希望知道英國人是怎樣舉行離婚儀式的吧？」

　　莎樂特天真地點頭表示同意，愛蕊絲繼續講道：「離婚，按照英國的法律規定，要有以下五個方面其中一個或幾個事實的存在：第一是男方或女方有與第三者通姦的行為。第二是男方或女方有故意無理取鬧、搬弄是非、故意挑釁的行為。第三是連續兩年的時間，男方或女方有放棄夫妻責任的行為。第四個方面是夫妻已經分居兩年，其中的任何一方提出離婚要求，經法庭調查核實後，通知另一方，同時需要有被通知方的同意，也就是說男女兩方都同意離婚的情況下，才會得到批准。第五個方面是如果夫妻雙方已經分居長達五年之久，如果夫妻雙方的任何一方提出離婚要求，法庭調查核實後，法庭不需要等待另一方的同意，就可以批准離婚。」

「離婚，就要平分現有的房產和財產。如：當時，湯瑪斯和瑪格麗特離婚時，他們已經有了兩處房產，但是，瑪格麗特住的鄉村豪宅的房價要比倫敦的公寓價格高得多，按照英國的法律的規定，瑪格麗特當時只有兩種選擇，一是同意把豪宅賣掉，把部分的資金讓給湯瑪斯；二是瑪格麗特繼續與孩子們享受她的豪宅，但是她必須自己能夠按照法律規定，把高出倫敦公寓價格的那部分資金交付給湯瑪斯一半。幸運的瑪格麗特，有她自己的母親能夠在這金錢方面給她很大的幫助，瑪格麗特自己也有幾種股票的證券，她賣掉了部分的股票證券後，交還了屬於湯瑪斯的那部分財產。可憐的瑪格麗特不得不又重新開始了她的工作。他們的三個兒女選擇和瑪格麗特在一起生活。按照法律規定，湯瑪斯每月給孩子們固定的撫養費，幫助瑪格麗特撫養每位孩子成長到十六歲為止，現在他們的孩子全都長大成人了。他們每個人都有了自己的生活。我們之所以能與湯瑪斯和瑪格麗特都能保持良好的朋友關係，也是因為他們之間仍然有著一定的默契，他們雖然許多年不在一起生活，沒有性生活的關係。但是，他們的感情還很好，仍然還著良好的可以問候講話的關係，就好比說是『藕斷絲連』一樣的關係。」

　　「湯瑪斯的第二個太太，荷蘭的金娜‧婉‧棠柯，她完全是憑藉著自己的年輕貌美，也許是一時的雙方衝動吧，好夢能延續多久，我們也不知道。這是我們的猜想，我們是沒有權利猜測的別人的私事，所以也沒有權力評論他們的關係。剛才妳問我，湯瑪斯和金娜的婚禮是不是也是在教堂舉行的。英國的教會有規定，寡婦或者是鰥夫可以在教堂裡結第二次婚，但是離婚者不被

教堂接受再次的婚禮儀式。儘管他們可以在當地的婚姻註冊所註冊以後，再到教堂來接受牧師的祝福，可是他們得不到牧師主持的婚禮儀式。我們是後來才從湯瑪斯自己的嘴裡知道的，湯瑪斯和金娜的婚禮，當時只有三個人在場做見證人，比法律要求的必需要有兩位見證人還多了一位。他們是在倫敦的西敏寺區的婚姻註冊所裡，先發誓雙方結婚皆沒有觸犯法律的行為，再繳交婚姻註冊費，然後雙方在結婚書上簽字註冊，整個儀式不超過十分鐘。這個所謂的婚禮儀式結束以後，他們五個人出去吃了頓飯，喝了杯啤酒，就算是婚禮宴席了。我當然也沒有問湯瑪斯，他為什麼沒有通知像我們這樣的多年好友。因為我知道，像他那樣重要人物的第二次婚禮，大都採取非常低調的形式。就連我們這樣多年的嫡系好友，也不願意再次把它看作是他的第一次婚禮那樣隆重、興奮和值得慶祝，更不用提湯瑪斯的親戚朋友，對他們婚禮的態度和送給他的第二次婚禮的禮物了。一般第二次婚禮的禮物要比頭一次的禮物輕百分之九十，因為那是同頭一次的婚禮的意義無法相提並論的。親戚朋友持著順其自然和與自己無關緊要的態度來看待他們的再次婚禮。用約翰不很友好的話說：『去婚姻註冊所裡，目擊登記註冊的婚姻，就像是到了香腸製造廠裡看香腸的生產過程一個樣，肉從這頭進去，香腸從那頭出來，沒有香檳酒和鮮花對喜慶氣氛的烘托，沒有幾個真心誠意的衷心祝福，更沒有上帝的保佑。』」

　　說到這裡，愛蕊絲攤開雙手，擺出了一副無可奈何的樣子，繼續說道：「讓我再告訴妳另外的一個真實的故事。湯瑪斯在與金娜去婚姻註冊所以前，還要求金娜同意和簽署一份有

法律效果的文件，湯瑪斯說那是由他和他的律師起草的，有雙方律師見證，由湯瑪斯本人和金娜‧婉‧棠柯一起簽字後生效的法律合約，也就是那著名的《婚前契約》。湯瑪斯因為有過結婚和離婚的經驗，同時還得撫養他的三個小孩，他擔心自己和金娜的婚姻不會長久，為了保護他的利益和財產，這份由金娜、他自己和他們的律師見證的《婚前契約》就能生效。也就是說：如果湯瑪斯和金娜的婚姻破裂，金娜‧婉‧棠柯不能按英國的法律規定平分湯瑪斯和她金娜‧婉‧棠柯現在共同擁有的一切財產，金娜‧婉‧棠柯只能得到《婚前契約》中寫明的那部分財產。而湯瑪斯的固定財產，不會被金娜帶走。湯瑪斯還告訴了我們說，『這個《婚前契約》按照法律規定，必須以書面形式，在雙方情願且認為是公平合理下簽字。簽字後，不得改變主意，也不得修改契約內容，必須有公證人在雙方簽字時也簽字公證。契約的內容沒有涉及到將來他們共同擁有的孩子。』當時的金娜癡心想要嫁給湯瑪斯，她根本沒有仔細閱讀合約的內容，認為她自己的律師可以代替她閱讀一切，她自己只是簽字罷了。金娜拿到她崇拜的博士學位和韓德森夫人的頭銜以後，可算是成了美人加皇冠，稱心如意應有盡有，過上了無憂無慮逍遙自在像戴安娜公主一樣的浪漫生活。她自己就這樣說過：『跟中年男人在一起生活，做愛就成了機械化的性交運動，好像是每日必需咀嚼的三餐便飯，餐餐全都是一樣的一個滋味，這實在是枯燥乏味，要一輩子忍受那同一種味如嚼蠟式的性生活，簡直不敢想像。』她所需要的是要尋得更多的性刺激和花樣不同的性生活。她的男朋友不只是倫敦金融街上負責中國

專案的大人物，有的還是美國對中國投資的銀行的行長，這些男人追得她不亦樂乎，整天忙得要命，當然是做『螺母被螺絲釘撐鑽』在一起的項目了。可憐的湯瑪斯，只能被金娜當作登天的天梯。」

愛蕊絲對金娜的態度顯然持有很大的偏見。「親愛的莎樂特，沒想到現在已經是下午兩點半了，我得馬上去穿衣化妝。可憐的湯瑪斯，說不定幾時就會出現在我的大門口上，我可不想讓他看到我還沒有穿戴、化妝的難堪的樣子。妳就躺在床上隨便休息吧，就是妳穿戴好了，他還會馬上把妳拖回床上，要妳脫掉所有的衣服。為什麼不讓自己生活得輕鬆容易些呢？就在床上等著他好了。回頭，我告訴廚師妳不舒服，叫他送個三明治上來。」說著愛蕊絲輕輕地親吻了莎樂特的額頭，又像一陣香風似的拖著她的長長的毛巾睡袍，跑掉了。

莎樂特躺在床上，想著愛蕊絲的說過的話，她很感激愛蕊絲對自己的直率和對金娜的偏見。因為，這是她自己從湯瑪斯那裡瞭解不到的生活經驗和英國人的思想與意見。英國人，特別是英國上層社會的男人和女人，他們沒有太多的事情可做，他們也不肯勤奮去做什麼有意義的工作，最喜歡做的就是從鑰匙孔裡看別人的私生活和談論別人的不幸，同時享受在對別人的幸災樂禍之中。值得借鑑的一點便是，不管他們怎樣談論和挖苦他們自己的朋友，在這些朋友的面前，他們仍然可以表演得像是戲劇裡的人物一樣，他們之間永遠是忠誠和可以信賴的朋友，永遠也少不了緊密的擁抱和熱烈的親吻。

想著自己在高登公爵夫婦家裡的這一周，她莎樂特可算沒有白花時間，她的確學到了太多的東西，不用說湯瑪斯對自己的評價，就連她自己都感到自己從內心到外在，從舉止言談到意識觀念，變化得實在令人驚訝。莎樂特也有想到她自己的婚禮和她自己的婚姻生活，回想起她自己在中國天津的一家地下俱樂部酒店裡舉行的婚禮的那一天，她心裡有了一種想要哭出來的感覺，那婚禮儀式的本身就好像是一場玩笑喜劇，新婚夫婦只是被所有的來賓給耍笑捉弄。婚禮後的婚姻生活更像似一場玩笑，因為夫妻二人的生活內容就是為了討好雙方的父母，為了給男方家裡生個兒子。現在看來，這個兒子是婚姻的累贅，更是婚姻破裂的犧牲品。孩子從小與祖父母在一起，幾乎沒有得到父母的慈愛。現在，即使自己能把孩子帶到英國來，給他一個英國人的繼父，給他所有的富貴榮華，真的能夠補償他失去的一切童年時代的嚮往、歡樂與幸福嗎？想到此，莎樂特的自責感和妒忌感油然而生。她嫉妒英國姑娘們的婚禮儀式、嫉妒英國母子幸福愉快的生活、羨慕瑪格麗特和愛蕊絲的生活方式，同時責備自己沒有同兒子在一起，只想為自己的前途做打算，把兒子一扔，就是四年，恐怕自己回去，兒子都不肯認她這個媽媽了。

　　莎樂特想來想去，她最後想到了，還是中國人的老話說的好：「近朱者赤，近墨者黑。」《紅燈記》裡的老鳩山說過：「人不為己，天誅地滅。」西洋人有西洋的樂趣，東方人有東方人的哲學，一不做二不休，抓住湯瑪斯，管它什麼道德倫理，只要我莎樂特能夠成功，能夠把兒子接來英國上學，自己成名成家，就是唯一的選擇。

Chapter *3* 融入英國上層社會圈

莎樂特在床上躺著，她想現在反正已經是下午了，湯瑪斯可能隨時出現在門口。莎樂特看著愛蕊絲派人送來的三明治和咖啡，想著要把湯瑪斯弄到手裡，莎樂特要使出渾全身解數，要在床上、在性生活方面把湯瑪斯搞得神魂顛倒。她無心起床。索性就遵照愛蕊絲的囑託躺在床上，等待湯瑪斯跳進自己的懷抱。莎樂特的腦海裡又出現了她自己跟這位年過半百、兩鬢斑白、體魄結實、床上功夫不減當年的湯瑪斯做愛時的情景。想著想著，莎樂特用雙手猛勁地捂住了自己蠕動的下身，她只覺得渾身癱軟，體下已經又濕透了內褲，等不及湯瑪斯來做愛，她做愛的高潮感覺已經來到了。

＊　　　　＊　　　　＊

　　熟睡中的莎樂特被湯瑪斯像公犬用舌頭舔噬主人那樣的親吻給攪醒了。她半睜著眼睛對湯瑪斯說：「是你呀，湯瑪斯，你什麼時候到的？」莎樂特感覺到了湯瑪斯的親吻和呼吸中仍然帶著濃濃的酒味。

　　湯瑪斯的臉上顯得有些蒼老和疲憊，他左手拿著眼鏡，右手輕撫著莎樂特的乳房，湯瑪斯的頭離莎樂特的臉只有一英寸半的距離，他輕聲說：「親愛的莎樂特，我進來看著妳有二十分鐘了，妳睡得好熟好香。」

　　莎樂特打了一個呵欠一隻手拉著湯瑪斯的領帶，一隻手拍著他的臉，微笑著說：「對不起，愛蕊絲上來跟我聊了一會，她一走我就睡著了，你見到愛蕊絲了嗎？」

湯瑪斯點頭說：「愛蕊絲和約翰去街角上的酒吧了。我們可以去找他們，也可以這會兒在這裡享受安靜的兩人世界，啊，我太想跟妳做愛了。」

　　莎樂特已經把湯瑪斯的領帶輕輕地解開了，並開始為他慢慢地解開衣領的紐扣。湯瑪斯等不及，他開始脫自己身上的衣服和褲子，莎樂特索性躺在床上沒有動，只是注意地看著湯瑪斯微微發胖的上身和寬厚彎曲的雙肩與他那細長的脖子，脖子上支撐著的與肥肩不相稱的小腦袋；他把褲子脫掉後，現出了與他的上身完全不相諧調的兩條瘦瘦的細腿，莎樂特想，這也許是西方男人，或者是老學究們特有的體形吧。她把眼睛閉上，享受湯瑪斯為自己撕開睡衣的紐扣，那帶有酒精味兒的粗野男人的性行為，正是她這個成熟了的女人最需要和欣賞不過的了。

　　劇烈的做愛運動之後，湯瑪斯和莎樂特躺在床上，兩人都汗流浹背，大口大口地喘著粗氣，湯瑪斯把左臂抬起，莎樂特順勢蹭到了他的胳膊底下，被湯瑪斯的左臂攏抱著。「除了做愛，你還做什麼其他的運動？」莎樂特等自己的心稍微平靜一點之後，才向湯瑪斯提問。

　　「我基本上沒有做任何其他的運動。整天在辦公室裡，唯一的運動就是坐在椅子上，在電腦和電話機之間滑行。」

　　莎樂特吸入一口長氣之後又問：「你為什麼不去大學的游泳館裡游泳？游泳是非常好的運動，它跟做愛消耗的體力和熱量一樣大，而且對你的身體健康十分有益。」

湯瑪斯笑著說：「游泳沒有做愛時這般的激動與興奮。更何況，游泳時水池裡添加藥劑的水會刺痛我的眼睛，我的眼睛會發紅和發癢。跟妳做愛是兩全其美最好不過的運動，妳有東方美人的臉兒和性感的肉體，更有純粹的成熟了的女人的韻味，最重要的是妳還有像寶石一樣的思想和心計。今天上午，我在牛津大學的校慶聚會時，已經跟我出版社的一位老朋友說好了，星期天在我們返回倫敦以前，我要帶妳去跟他們打個招呼，介紹妳認識一下我社交圈裡的一位很重要的出版界朋友，妳看怎麼樣？」

　　莎樂特故意裝著有些遲疑不解的樣子，她希望能做出冷淡的反應，就說：「本來所有的好主意都是你這位大教授湯瑪斯一手塞進了我的腦子裡，我怎麼又成了如此有心計的寶石了，你能告訴我嗎？」

　　湯瑪斯開心地笑了：「這就需要我們的合作了，妳明白我的意思，一加一的合作。」

　　莎樂特把眼皮一翻，故意又把話題改回到了運動與健康方面，莎樂特說：「你能不能在辦公室裡工作的時候，注意你坐的姿態和姿勢，我希望你能夠有健康和健美的樣子，而不是這種越來越老態龍鍾的樣子。你瞧人家約翰和愛蕊絲，天天早上做運動。他們一起去游泳、打網球，他們活得多瀟灑和健美啊！」

　　湯瑪斯笑得更得意了，他親吻了一下莎樂特的嘴唇接著說：「妳要我像古希臘的軍人士兵那樣，站著或坐著的時候，就像是把鞭打他們的竹板給整個吞掉了，倒插在他們自己的肚子裡一個樣，是嗎？」

說著，湯瑪斯還做出那種挺拔的士兵的樣子，莎樂特也被湯瑪斯的幽默給逗笑了，她用自己的兩隻胳膊摟住了湯瑪斯的小腦袋，讓她自己的小鼻子輕輕地摩擦著湯瑪斯的大鼻子說：「你真是個無可救藥的書呆子。現在我的肚子叫了，怎麼辦？」

　　「酒吧的飯菜早就在那兒等著咱們了，只要妳肯讓我們穿上衣服，我們就可以去酒吧吃飯了。」說著，湯瑪斯從莎樂特的身邊爬起來，去洗手間裡沖洗淋浴。

　　莎樂特身上裹著一條大浴巾，手裡拿著另一條大浴巾。等湯瑪斯出來以後，她把浴巾張開，為他從下向上擦乾身體。當擦到湯瑪斯的生殖器官時，莎樂特低頭，把它放進了自己的嘴裡來回地吸吮著，湯瑪斯的性慾又勃然大作，這次湯瑪斯的高潮是在莎樂特的嘴裡得到的。高潮過後，湯瑪斯躺在床上，像似一條離水的大肥魚，不時還要抽動幾下。莎樂特很快鑽到了淋浴頭的下面，讓水猛烈地沖洗著自己的喉嚨和全身。幾分鐘後，莎樂特把淋浴器的水龍頭關閉掉了。

　　湯瑪斯從自己帶來的過夜袋子裡，拿出內褲、襪子和週末才穿戴的牛仔褲子和灰白相間的格子襯衫，穿好衣褲以後，又到梳妝台前整理他那稀疏灰黃的頭髮。

　　他坐在床上，瞪著眼睛看著裹在大浴巾裡的莎樂特，走出浴室，浴巾自然脫落在厚厚的地毯上。莎樂特光著身子坐在梳妝台的鏡子前，對著鏡子給自己的前胸和臉上塗護膚美容油膏，湯瑪斯忍不住走到莎樂特的背後，先是攏起了她的秀髮，再又開始親吻起她的脖頸，同時用雙手摟住了她的玉乳。莎樂特轉過頭來對垂涎三尺的湯瑪斯說：「我們這會兒不會再重複做愛的節目了

吧？你最好還是讓你自己的手做一點有用的事兒。」說著她把護膚美容乳液放在了湯瑪斯的手裡。湯瑪斯接過乳液，雙腿跪在了地上，用手為莎樂特的後背上、後臀部、後腿上塗護膚乳液。

湯瑪斯忽然停下手說：「我們為什麼不要再重複做愛的節目呢？快點再上床，妳根本沒有脫衣服的麻煩，這不是更方便嘛！」

莎樂特驚訝道：「你一定是瘋了，我可是餓瘋了。」

湯瑪斯狡辯說：「我渴望妳，幾乎是如饑似渴了，跟妳做愛，是我最大的滿足，我是被妳給誘惑得發瘋了，妳實在令我神魂顛倒！快點，心肝兒！」他們又重新重複了一遍床上的節目，才又重新沖洗，這次是他們一起進入到水龍頭底下沖洗淋浴，用同一條大浴巾擦身，互相擦乾後背，才穿上衣服，走下樓去，手挽著手走去街角上的酒吧。

老公爵夫婦——約翰和愛蕊絲——早就已經吃過東西了，正在與酒吧的常客、朋友們聊天，見到湯瑪斯和莎樂特這麼久才來，跟他們開玩笑說：「我們還以為你們這對新情侶要通宵達旦地做愛，放棄還要食人間煙火、喝人間美酒、跟朋友在一起聊天的願望了。」

湯瑪斯指著莎樂特說：「全是她的罪過，我現在可是饑腸轆轆了。你們最好是能把這裡最好吃的東西推薦給我們。上帝啊，我的肚子現在可以吃掉一頭牛了！」說罷，湯瑪斯就拉著莎樂特到酒吧另外的一邊用餐去了。

在餐桌上湯瑪斯告訴莎樂特說：「中國人有句諺語是：『朝廷有人好做官。』對嗎？在英國，我們說：『你認識了多少人並

不是那麼重要。重要的是你認識了誰。」英國的主要學校、學府、英國的所有電臺、電視臺和新聞、出版機構的掌權者、英國政府的上議會議員，全都是牛津或劍橋畢業的學生。他們與我一樣持有博士或碩士學位的文憑，是統治英國天下的真正的重要人物。這些人都在我的社交圈內，是我的嫡系和死黨。星期天，我要給妳引見的就是主宰出版界的重要人物。」

　　長久以來，在英國控制和主宰政治經濟領域、學術出版界命脈的重要人物，都是從小就享受了得天獨厚的私立學校教育，後來在牛津與劍橋畢業的高材生。儘管在某些私立學校裡，男生和女生的教學樓，乃至整個十四年的學校教育，全部是男女生分開來進行的。但是，他們還是有許多鮮為人知的醜聞秘史，只有當事人，那群紈絝子弟自己最為明瞭和最清楚了。他們的家長都是有錢，有勢力，只顧自己貪婪享受，沒有給予自己的孩子任何的耐心和關照之愛，不負責任地把自己的孩子從三、四歲起，就送去私立寄讀學校，一去便是那十幾年的寄生蟲一樣的寄宿生的生活。這些幼小無知天真無邪的少年，在無聊而又漫長的日子裡，經常用無理取鬧、吸毒、暴飲暴食、同性戀亂淫這類的胡作非為來打發時間，繼而成為無可救藥的花花公子。等到他們又紛紛進入了牛津、劍橋這類高等學府，隨後登上英國的政界或要界的主要位置以後，對舊日的惡習有增無減，又互相庇護或同流合污，做盡了狐假虎威和狼狽為奸的醜事、壞事。湯瑪斯·韓德森教授自己就是首屈一指的牛津畢業的典型人物。他在英國的學術界和出版界裡混得遊刃有餘，在英國的上層社會裡生活的逍遙自在，可是他對金錢、地位和美女的貪婪卻永無止境。

莎樂特和湯瑪斯吃罷晚飯以後，加入到愛蕊絲和約翰的酒吧前的高椅子、長桌子的行列裡。他們聊了很久很久，才一同搖搖晃晃地走回家裡睡覺去了。

　　星期天的早晨，莎樂特和湯瑪斯起身收拾東西，然後把他們的箱子、袋子裝入車裡，他們要在返回倫敦的途中，去見牛津大學文學院出版社的社長暨總編輯。湯瑪斯約好了跟他一起去吃中飯。老公爵夫婦還沒有醒來，他們昨晚已經互相講了再見的話，也說好了，如果湯瑪斯和莎樂特提早起來離去的話，可以悄悄地離開，愛蕊絲和約翰只有在星期天的早晨才睡懶覺，不起來運動。所以，湯瑪斯和莎樂特很快地吃過簡單的牛奶麥片早餐，留下了一張有感激和致謝字樣的條子，就悄悄地開車走了。

　　　　　＊　　　　　＊　　　　　＊

　　星期天上午十一點左右，在英國牛津文學院出版社社長暨總編輯，唐・福克斯（Doun Fox）先生的辦公室裡。身穿休閒獵裝，禿頭、肥胖、體形圓滾的唐・福克斯正躺坐在他的真皮轉椅上，雙腳搭放在他的大書桌上，眉飛色舞地講著電話。聽到有人在敲門，顯然知道來者的身份，他把電話微微拿開，對著虛掩著的大門說：「進來！」就又回到電話上講：「湯瑪斯・韓德森是我認識多年，宜潼和牛津時代的老校友，今天要跟我聊聊他的最新發明，他帶了一位東方女人，那女人要創作的一本中國方面的書。內容是有關她身後面的中國政界要人和中國鮮為人知的故事。」

二手夫人

電話裡的人說：「今天可是星期天呀，你星期天工作的日子可真是不多。這個人的故事肯定有文章可作。我非常有興趣知道你們談論的結果，你們開完會後，馬上就來給我講個清楚吧，我要知道你所知道的一切。」唐一邊用手示意給湯瑪斯和莎樂特，請他們先坐下。一邊要結束他的電話會議，對著電話說：「我保證向妳全盤報告，回頭見，甜心肝兒。」隨即便放下電話站起身來。

五十歲有餘的社長暨總編輯，他坐著還好，站起身來以後，配上有許多口袋的獵裝坎肩和獵裝褲子就顯得更加圓胖豐滿，他禿頭的頂上閃著亮光，那雙敏銳機智的小眼睛，永遠帶著微笑。他很友好地跟剛剛坐下見他放下電話旋即站起身來的湯瑪斯和莎樂特握手。他們寒暄過後就又都坐了下來。

湯瑪斯自由自在地把自己的雙腳交叉搭放在唐的寫字臺上。唐把自己的轉椅轉到靠近湯瑪斯和莎樂特的坐的沙發邊上，也雙腳交叉放在了同一張桌子上。他們先用莎樂特聽不懂的牛津語言交談起來。他們談論各自的家眷、孩子、新舊情人。

湯瑪斯告訴唐‧福克斯莎樂特的床上真功夫，他自己如何被她的雙腿和嘴「擠奶」的野性行為，自己又如何欣賞那種特殊的興奮與刺激等等。

唐和湯瑪斯的緊密關係，要回溯到他們一起在宜潼私立學校男生班讀書的舊日子。那時，他們才十幾歲，除了讀書在一起之外，還有許多共同享樂的日子，如體育運動、外出郊遊、私下沖涼的時間，他們兩人之間經常有男同性戀性交、口交的性行為。自從開始了這種性關係以後，兩人就無法控制彼此對這方面的強

烈要求的慾望。用他們自己的話說，就像是吃了一粒花生豆後就欲罷不能。他們經常用手指來互相安慰和尋求刺激。當然，他們也少不了有吸毒、飲酒和與其他男生互相通姦的行為。他們男生間早已互相達成默契，那就是：自己圈裡的人互相包庇和保護，誰也不能違背圈裡人的規矩，誰也不會洩露彼此圈裡人的秘密。這種圈子到了牛津大學以後，就更加蜘蛛網式、更加專業化了。至今為止，在英國的各大教育、新聞、出版、電臺、電視臺、政法界要人、金融財團等，非牛津與劍橋畢業的圈內人，幾乎無法有立足之地；圈子內的人，狼狽為奸，只要他們想要做成的事，就沒有辦不到的。這就是為什麼湯瑪斯告訴莎樂特：「妳來寫書，我來幫助妳，讓書出版。不是妳認識多少人起作用，而是妳認識的那個人是誰才真正起了作用。」湯瑪斯和唐談論了許多他們共同關心和感興趣的舊事之後，才開始談到湯瑪斯的新想法和莎樂特的寫作出版的事情。

湯瑪斯告訴唐·福克斯，他的這位新的床上客名字叫莎樂特。莎樂特正在撰寫的書《苦瓜心兒》是有關中國政界人物的隱私、現代化中國社會上的醜聞等方面的故事。湯瑪斯還進一步告訴給他的朋友唐說：「莎樂特的父母都曾經在中國政府擔任過高級官員、人民代表大會的常務委員；她的丈夫是中國一個大城市的副市長，她有足夠的故事可以寫成這本書。」

湯瑪斯還解釋道，莎樂特很快就會回國辦理與其丈夫的離婚手續，他湯瑪斯本人也在考慮辦理離婚，才可以實現與莎樂特結婚的計畫。因為，莎樂特需要在英國有了身份之後，才能得到居住權，才能完成這部黃金大作。暫時還稱為莎樂特丈夫的這位男

人，現在是天津市的副市長。前年，這位副市長曾來過英國訪問，在他訪問期間，湯瑪斯已跟這位副市長見過面，他是中共的年輕黨員，有政治家庭的背景，在美國受教育，還有中國名模陪同作秘書，經常為中國的國家大事夜以繼日地工作，大有文章可作。莎樂特本人也有著豐富的生活經歷。文革期間，她因為受到了父母政治背景的牽連下過鄉，又因為父母的權力恢復原位，她得到返城上大學的機會，莎樂特還當過替高層或重要人物翻譯的工作。她的手裡掌握著大量中國貧民百姓，在中國共產黨的統治下的社會裡，受苦受難的故事……。這些故事足以能夠成為轟動整個世界的爆炸性新聞，我們西方人和美國人都瘋狂地熱愛知道中國政府裡的重要人物的醜聞，從鑰匙孔裡偷看中國共產黨的秘密和隱私可是我們西方人和美國人的天生樂趣。湯瑪斯告訴唐他自己的這位中國女人可是他們的「金礦」，他湯瑪斯，倫敦大學東方語言學院院長、漢學專家、教授會親自手把手地操縱莎樂特這支筆桿，完全按照唐，這位大名鼎鼎的牛津出版社社長暨總編輯的要求，杜撰這部《苦瓜心兒》，再透過圈內的人在英國新聞、報紙、雜誌、電臺、電視臺做大張旗鼓的吹捧，牛津出版社的世界發行網路，再將這部書發行到所有英語系國家去。有如此這般的籌畫，不一舉成功天下知，才是怪事呢。

唐‧福克斯當然明白湯瑪斯‧韓德森的籌畫與用意，他當然能從到湯瑪斯的語調中嗅到錢的味道。唐的眼睛在他碩大的胖臉上笑成了兩條細細的線，幸虧他的嘴巴不停地在講話，掩蓋住了他的舌頭不斷地舔著乾乾的嘴唇，好像是條獵狗，聞到了肉香一樣，難以掩飾要躍躍欲試，捕捉獵物的樣子。

坐在一邊好像是一尊微笑的蠟像，莎樂特對湯瑪斯和唐的交談根本摸不著頭腦。她使勁了全身的本領來注意他們的談話，還是聽不懂湯瑪斯與唐講的戲劇性的牛津圈內人專用語言，湯瑪斯和唐也根本沒有把莎樂特放在眼裡。

當著莎樂特的面，唐問湯瑪斯：「與你的荷蘭太太相比，這位新來的中國女人有什麼特色？」

湯瑪斯大言不慚地說：「我的這位床上中國客，比那個荷蘭母狗要成熟、要性感、性慾還更劇烈，更重要的是她會變戲法，能把大筆大筆的鈔票從空氣當中，『吹』進你和我們兩個人的荷包裡。她是需要我，更需要透過我使用您的網絡，才能實現她的美夢。我的荷蘭母狗已經不再需要我了，她拿到了學位後，就等於拿到了通用飛機票一樣，在世界與中國的金融市場上自由自在地悠遊。」

聽到這話，唐把腿從自己的辦公桌上拿了下來，他站了起來，雙手交叉，開始在辦公室裡來回走動，他舔噬他自己嘴唇的頻率明顯地增加了，更加暴露出他對錢和色的加倍貪婪。

湯瑪斯不動聲色地接著說：「我跟這位中國黃臉婆第一次剛見面的時候，就知道她能給我帶來特殊的滿足。有了在我的辦公室裡讓我用手指頭玩弄她的下體的經歷以後，我的性生活就被她搞得神魂顛倒了，她確實是一個能令人神魂顛倒的性感的母狗。」

唐·福克斯狸表現出佩服得五體投地一樣地說：「你真了不起！我的那位甜心女人剛才還打來電話，追問我在星期天工作的原因，我得趕快去看她。晚上，我要和太太去女兒的未婚夫家

裡，拜見親家父母，同他們一起吃飯，我女兒的訂婚宴，我可不能耽誤。你看我們今天就聊到這兒怎麼樣？對不起，今天我不能陪你們去吃飯了。」

湯瑪斯馬上把雙腿從桌子上撤下來，裝出不高興的樣子說：「說好了，我今天請客。你為什麼不把你的那位『仙桃美人』請出來，跟我們一同去吃飯？」

唐也裝出為難的樣子說：「你知道，這些女人要的不是陪著男人的朋友去吃飯，她們需要的是你的性愛、金錢、時間和你的全部注意力。我可不能在同一個時間裡，既取悅於你們也讓她過得開心。今天吃飯就免了，我們後會有期。對於你說的那本書，我肯定做出全部努力也會奉陪到底。」說著，唐·福克斯先生已經把他的辦公室的大門打開了，表示要送客了。

湯瑪斯當然也希望如此，他明白星期天的時間是他們私人最寶貴的時間，他自己也一樣有想要跟自己的絕對情人在一起的要求。所以，湯瑪斯擺出了服從的態度，他們倆像親兄弟一樣地握手、擁抱、說再見。莎樂特就像一隻乖乖的小巴狗，嬌滴滴地把右手伸給唐，唐親吻了莎樂特的手，兩人同時都道了別。

湯瑪斯帶著莎樂特開車返回倫敦。在車上，莎樂特問湯瑪斯：「你和唐講的是什麼，我怎麼一點也聽不懂？你們講的是英文嗎？」

湯瑪斯笑著答道：「當然是英文。就像中國的京劇演員，如果他們不想讓觀眾聽出他們的道白內容，你是個外行人，你能聽明白嗎？」

莎樂特當然明白他的話的意思，她只好轉了話題說：「我們共同寫的那本《苦瓜心兒》，你要的內容，我需要回國跟我的父母問清楚。我的護照也快要到期了，住在英國的簽證需要延簽，回國後能否再得到來英國的簽證都是問題。」

　　湯瑪斯明白莎樂特需要有同自己結婚的婚姻保證，在此以前，他們曾經商量過，他們雙方都需要先辦理離婚的手續，然後才能被允許再次辦理結婚的手續。莎樂特從愛蕊絲那裡得知了很多英國離婚與結婚的手續，她自己也明白，如果湯瑪斯真的能跟她莎樂特結婚，也只能是重蹈他跟那位荷蘭太太結婚時的舊轍，肯定不會有比那更好婚禮儀式。莎樂特的第二次同時也是湯瑪斯的第三次婚禮，絕對不會享受到像英國原配夫婦應有的那種第一次婚禮那樣的隆重與熱烈的儀式。想到這些，莎樂特的心忽然酸了起來，她不甘心自己的婚禮將是如此的平淡無聊；她想作為人生中的第三次婚禮，湯瑪斯又將會怎樣來安排他們的婚禮呢？莎樂特心理一點數也沒有。莎樂特一心想要拿到做湯瑪斯・韓德森太太的頭銜，那樣，莎樂特就可以名正言順地把自己的兒子接來英國上學，兒子可以受到最好的教育，自己就可以用韓德森太太的名義著書立說，透過湯瑪斯・韓德森出版界、新聞界的關係網，韓德森太太的書就可以在世界各地得到宣傳和發行，同時大把大把的現鈔就會流入莎樂特・韓德森的腰包，這對莎樂特來說，就是她生活中最重要的又一步。莎樂特必須逼湯瑪斯盡早離婚，這樣才能為他們的再婚做好一切準備。

　　莎樂特認為自己已為此做了大量的準備，正如湯瑪斯自己像她莎樂特承認的那樣，她已經在性生活方面把湯瑪斯搞得神魂顛

倒了，她知道如何可以把湯瑪斯真正弄到手裡。為了避免違反英國法律，莎樂特必須先回家辦理自己的離婚手續。所以，莎樂特告訴湯瑪斯，她自己需要找父母的幫助，在中國完成寫作《苦瓜心兒》的工作。

湯瑪斯答應莎樂特，當她從中國返回英國的時候，湯瑪斯會把他自己的離婚手續全部辦理完畢。聰明的莎樂特又向湯瑪斯提出了進一步兩全其美的要求：如果莎樂特無法拿到再次進入英國的簽證，湯瑪斯要去中國，與莎樂特在中國舉行結婚儀式。那樣，莎樂特就會享受到拿特殊簽證的待遇，他們還會按中國人的習慣，舉行中國人的婚禮儀式。湯瑪斯當然認為這確實是個好主意，不但可以完全避開英國朋友的視線，還可以完成他要的第三次婚姻。他們在汽車上商量好了，也就這樣定了下來。

Chapter 4

回國　探親

　　中秋節的前夕，莎樂特就要登上飛往北京的中國航班飛機。在倫敦海斯洛機場（London Heathrow Airport）的候機室裡，莎樂特發現在她的周圍等待同一班飛機的旅客中，有二十幾位由英籍香港老年人組成的回國觀光團，他們在一位會講廣東話的北京來的導遊員的帶領下，每個人都佩戴著小紅帽，手裡舉著中國的小五星紅旗，嘰嘰喳喳地用廣東話講個不停。莎樂特畢竟在倫敦的華人圈子裡混過了一段時間，雖然她不會講廣東話和潮州話，還是大概能聽得懂這些香港人高聲談論的內容。

　　登機口的紅燈亮了，機場檢票員正在組織旅客出示證件、排隊登機。北京來的導遊員正在清點戴小紅帽子的人數。「二十，二十一，二十二，二十三，不對，是二十六位，現在還缺少三位。對不起，我還有三位隊員沒有到，她們不太懂英文，聽不懂廣播裡的呼叫，請你多給我一分鐘，讓我去找找她們。」導遊員禮貌地用英語對機場的工作人員說。同時，導遊東張西望，渴望能在來往的旅客中看到小紅帽子和小五星紅旗向這個登機口方向走過來。

導遊員正在四處張望尋找，那三名離隊的隊員有說有笑地在洗手間那個方向出現了，導遊馬上用廣東話高聲呼叫、催促她們登機，她們開始明白如果不快點跑步到登機口，飛機就要把自己撇下飛走了。她們大聲地互相鼓勵，擠開排在她們前面的其他旅客，朝著這個登機口跑了過來。正好是二十六位，一位不少了。

導遊員點好人數以後，鬆了一口氣，把自己的護照從身上的口袋裡拿了出來，站在這三位氣喘吁吁、哇哇地講著廣東話載小紅帽子隊員的後面，跟著機場人員的指引，登上飛機。

莎樂特的飛機票是從華人旅行社訂購的，票價要比英國旅行社的價格便宜百分之十，她猜想自己的座位號可能就跟這批小紅帽隊員們的座位在一起。最後的三位小紅帽旅客終於到了飛機上。大家坐定以後，莎樂特發現自己座位的前後、左右都被這個觀光團的小紅帽隊員們給包圍著。三名遲到的小紅帽大聲地給其他小紅帽講她們為什麼遲到、如何擔心被飛機給撇下、如何推開其他的機場旅客、又是怎樣跑著登上了這架飛往北京的飛機、差點跑到心臟病發作等等。她們這些講廣東話、潮州話的老人家們，坐在一起就大聲聊天，越聊越興奮，越興奮講話的聲音也就越大，莎樂特想不聽也辦不到，只有耐著性子聽他們聊天。

一位老奶奶正在對她身邊的姐妹們請教，如何到大陸給她自己相親。這位老人家的目的是找一位年輕俊朗，又沒有結過婚的小夥子。老奶奶雖然臉上的皺紋跟核桃仁一樣又多又深、個子又瘦又小、皮膚又乾又癢、講話又快又難懂，但是，她認為她自己的條件很好，首先就是她有英國的國籍，其次是老伴兒剛剛過世後，留下餐館待賣，她自己的兒女全都長大成了家，並且有了

他們自己的兒女家庭。老奶奶希望能像華人社區裡的其他人員一樣，自己也能從大陸帶回來一位英俊少年，專門來英國伺候自己。這個老奶奶認真、虔誠的樣子，讓莎樂特啼笑不得。莎樂特想到了《白毛女》中黃世仁的老媽，拿著頭針刺扎喜兒的那場戲的情景，暗自在心裡說：「這可真算是癩蛤蟆也能吃到天鵝肉了！這個世界上，只要有錢，人再老心不老，也能胡作非為，這到底是個什麼世道！」

其實，這個回國觀光訪問團裡的大部分成員，都是回國物色青春帥哥、靚仔或者是窈窕淑女，作自己貼身侍從的半死魔鬼和老骷髏！如果你有看過《孫悟空三打白骨精》的影片，你就不難理解什麼是老白骨精，她又是怎樣地絞盡腦汁、變換招數想要捉拿得到唐僧。可惜，在這真實又殘酷的社會裡，沒有孫悟空來保護像唐僧那樣如此天真的傻和尚。因為，英國是老人的地獄，更是講不好英語的老港商的活地獄。他們為了錢、錢、錢奮鬥終生，無償地奉獻了青春、自由和對他們自己孩兒的父母之愛，等到他們老了，只能落得被送到英國人開辦的老人院。那種一個人住一個冷酷無情的小屋子，沒人訪問、沒人關心、沒人聊天，什麼娛樂、享受都沒有，只等待上帝發出慈悲，早日招去天堂。不甘心情願被送去這種老人院等死的老人們，於是就趁著他們自己還能走得動，都爭先恐後地回國招親，為他們自己安排老年生活的享受計畫。他們這樣做雖然在道德上不合乎情理，但是道德在這個社會上還值幾個錢？錢和德已經調換了位置，這個社會越來越糟糕、越來越無希望。

已故的中華人民共和國的首任主席毛澤東曾經說過這樣的話：「青年是早晨八、九點鐘的太陽，……中國的將來寄託在青年人的身上。」中國越來越多的青年人，根本沒有珍惜自己如出升太陽那般珍貴的青春時光，更沒有傳統道德觀念的束縛，只想要得到錢，用錢來換取他們渴望的自由和享受。他們寧可忍受沒有愛情的生活，也要為了臉面的光彩、身邊的排場而犧牲自己還沒有發覺乃至根本沒有花心血追求的那種真正有價值的愛情。等到他們發覺自己是虛度了年華，那將已經太晚了。這就是大城市裡青年人面對的誘惑，能夠駕馭這種誘惑的人越來越少，落入誘惑圈子的青年人越來越多，中國和英國的法律皆都沒有限定自由婚姻者的年齡，以來保護「傻唐僧」那樣的無知青少年的命運。他們追求的不是自由的愛情，而是那種「海市蜃樓」般的理念，就是這種對自由、真摯、崇高愛情褻瀆了的理念，使我們生活中的社會變得更加荒唐。

　　又是古老的中國傳統中的「忍」字，讓這些年輕的中國男女來到英國之後，必須忍受沒有愛情、沒有愉快的婚姻生活。英國法律規定英國人與非本國公民結婚，非英國配偶必須同持有英國身份的公民同居五年以上才有權利申請在英國的居住權，這等於對沒有道德、沒有激情、更沒有浪漫和愛情的婚姻的變相保護，也可謂是雪上添霜。就英國現代社會裡優越的福利、醫療狀況而言，老人家的平均壽命都越來越長，給他們做貼身伴侶的日子會是怎樣難熬，便不想而知了。

　　莎樂特暗自慶幸她自己的未婚夫湯瑪斯，還不是老到了像爺爺一樣年齡的份上，她自己可以說是心甘情願，可是她還有父母

和兒子，他們會怎樣看、怎樣想呢？一不做，二不休，瞧瞧自己身邊座位上的老人家們都在努力奮鬥，自己更何嘗不可？又豈能等閒待之？

莎樂特的父母帶著他們的孫兒一起到飛機場來迎接久別的女兒，她父親的專用司機幫助莎樂特提取和搬運行李。莎樂特的父親有特權，能夠享受有特許證件的賓士專車的首長級待遇。幾年沒見，莎樂特發現北京和天津變化都很大。在車裡，莎樂特和母親把兒子夾在了中間，她們坐在車的後排座位上。

兒子告訴莎樂特：「我在拼命學英語，外婆講您這次回來，就是為了把我接到英國去讀書，是這樣嗎？」

莎樂特愣了一下，馬上說：「當然是這樣，我就是為了能接你去英國上學，才回來的，媽媽馬上就能獲得到博士學位了，將來你也要拿個英國的博士學位。」

莎樂特的媽媽告訴她，宋中國已經再次被提升為中國國家部委某部的副部長，上調到北京工作了。他每個月會回來看望兒子和他的父母，並且還為兒子請了家庭教師，兒子上學的私立國際學校的費用也都是由他爸爸給交付的。莎樂特父母希望女兒能同女婿相親相愛如舊。但是，他們也都明白，今非昔比，恐怕事過境遷了。

莎樂特回到家裡後的第一個任務就是從父母和以前下鄉插隊的同事，即同一個戰壕裡的戰友們的嘴裡收集資料，她必須為湯瑪斯一手操縱的那本書搜集到第一手的資料而努力工作。第二個任務就是跟宋中國辦理離婚手續。這第二個任務要比第一個任務容易多得多，莎樂特沒有見到宋中國，就辦理好了離婚的手續。

孩子宋明選擇跟著媽媽去英國讀書，父親宋中國本來不忍心讓兒子離開祖國，但是想到兒子的前途，也就勉強同意了，宋中國認為自己的兒子，不管在何時何地都會永遠是自己的兒子，既然目前對兒子來說最好的選擇是英國，就應該讓兒子去英國發展。

莎樂特為了寫書搜集資料的工作，確實讓她絞盡了腦汁、費盡了心思。她反反覆覆地將父母給她講的故事錄音，製成了錄音帶，又按照湯瑪斯的囑託，深入生活，去到火熱的第一線，傾聽、瞭解和錄製受苦受難最深、受到最不公平待遇、那些極少數人的苦衷，並把他們所有訴說的苦衷全部錄製成錄音帶保留好，由湯瑪斯親自跟莎樂特一起來剪接製作。為此，莎樂特不辭辛苦，經常乘坐父親的專車，長途跋涉，早出晚歸，廢寢忘食地工作。六個月以後，莎樂特終於如願以償，完成了她要搜集錄製的各種資料，只等湯瑪斯的到來。

湯瑪斯在英國輕鬆愉快地結束了與金娜的婚姻。西方人根本不忍受有第三者插足或是沒有了愛情的婚姻。金娜明白她的生活需要調整方向，跟湯瑪斯・韓德森的婚姻，已經成了沒有激情、沒有浪漫、沒有愛情的墳墓。從與湯瑪斯・韓德森結婚的註冊婚禮那天起，金娜就知道有一天湯瑪斯會提出來與她離婚。這就是為什麼湯瑪斯要跟金娜在他們結婚以前，簽訂了婚前合約。金娜相信湯瑪斯是永遠不會改變的那種喜新厭舊的男人。莎樂特能有中國人「忍」的耐心和力量，而金娜不信也不接受「忍」的概念。金娜得到了她所希望得到的一切，她相信她自己會找到更好更完美的婚姻生活，沒有必要與湯瑪斯在一起更多地浪費時間和

青春。金娜不需要別人告訴她，如何來保護她自己的利益、怎樣做才能度過尷尬失落的日子。金娜已經是成年人，她非常清楚自己要什麼和怎樣才能爭取到自己的手裡。在婚姻方面，金娜與瑪格麗特還不一樣，瑪格麗特與湯瑪斯・韓德森離婚以後，瑪格麗特和她的孩子們一直沿用韓德森的姓，瑪格麗特也沒有再結婚。湯瑪斯和金娜從開始就都是為了個人自私、享受之目的，兩個人都沒有要孩子的願望，可以說是兩個人都算是瀟灑走一程，好聚好散是文明社會中的基本守則。金娜・婉・棠柯永遠是金娜・婉・棠柯，她不會對自己走過的路再回頭看一眼，對於莎樂特撬走丈夫的行為，金娜只有唾棄、輕蔑和憎恨，沒有抱怨、悲哀和傷感。

又是一年的復活節到了，湯瑪斯・韓德森這位漢學專家教授有足夠的理由公出來到北京大學。他私下不可公開告人的目的和理由，就是要完成與莎樂特安排好的計畫，在中國為西方人鮮知的某個地方與莎樂特完成婚禮，再到第三個國家去度蜜月。唯一令這位大學教授、漢學專家無法逃脫、啼笑皆非的尷尬局面，就是要面對英國駐中國的北京大使館的簽證官。簽證官必須要履行英國公務員的職責，也就是簽證官員必須要向湯瑪斯・韓德森先生提出以下的問題：「你是在哪裡認識的你的太太，莎樂特？你們怎麼樣才互相認識？你們認識有多久了？為什麼想要結婚？你們是否真正地相親相愛？你們在一起有性生活多久了？你們是否真正在一起睡覺、發生夫妻性生活的關係？」如此這般無聊、低智商人也不感興趣的問題，為了履行公事，這位著名牛津畢業的教授、專家、正人君子必須要面對簽證官員手裡拿著的表格，

一一的答對，簽證官要一一地填寫表格，再送去有關部門去調查核對，然後才能批准莎樂特拿到前往英國的簽證。

當湯瑪斯・韓德森出現在莎樂特父母面前的那個瞬間，這位與莎樂特父親年齡相仿的教授差點把莎樂特的父親給氣得昏暈過去。湯瑪斯中文的發音很不標準，尤其是把漢語的「重要任務」與「重要人物」總搞錯，聽他說話的人，像是在猜謎語還常常被湯瑪斯顛三倒四的漢語語序給搞糊塗。莎樂特的父親聽不慣看不順，又急又氣，一下子造成了心臟舊病的復發。這次的心臟病爆發，因為沒有任何心理準備，所以要比文革期間，被紅衛兵批鬥時的心臟病爆發來得更快和更猛，差點沒了性命。莎樂特的母親嚇得一個勁的哭涕，專用救護車警笛高叫著，把老人家送往醫院搶救。老人家活過來的講的第一句話就是：「有這個女婿在，我就不回家了！」

莎樂特無可奈何，本來跟家人、朋友安排的婚禮酒宴，也只能全吹掉了。莎樂特和湯瑪斯暫時住進了酒店，等待英國使館的簽證下來之後，才能離開北京。小宋明在莎樂特到達英國後的不久，也來到了英國。

莎樂特和湯瑪斯花了將近兩年的時間，把從中國帶來的故事、錄音帶和筆記整理成書稿，他們對書的內容精挑細選，反覆瀏覽，專門找合乎西方人口味的鮮聞、醜聞來杜撰。

莎樂特先把書用中文寫出來，又翻譯成英文，湯瑪斯親自給英文書稿做了修改和校訂，最後找到那位牛津大學出版社的朋友，再次對這部前所未有的傑作進行加工處理，終於使這部《苦瓜心兒》在英語世界裡出版。《苦瓜心兒》出版以後，對整個世

界的震撼確實很大，讀者「仁者見仁，智者見智」，事實永遠是事實，把誹謗寫成事實的小說作者莎樂特‧韓德森，她雖然一時間變成了大紅大紫的華人作家，但是紙永遠裹不住火，當舉界眾人的眼睛重新轉移到雄偉滄桑的中華大地和勤勞智勇的中華民族的那一瞬間，尤其是中國北京二〇〇八年八月八日的奧林匹克運動會的聚焦點那一瞬間，有誰還能把《苦瓜心兒》這樣的作品從垃圾桶裡再撿回來呢？

＊　　　　＊　　　　＊

國家興亡，匹夫有責，這句古老的名言，曾經激勵過多少有志之士。一個人可以主宰自己在人世間的生活和命運，沒有辦法主宰自己國家的前途和命運；也絕對不會把自己與國家的前途和命運完全分開，除非是喪心病狂的患者。

當你為自己是一個中國人，並以熱愛自己的祖國和自己的民族引以為自豪的時候，外國人會更加尊敬你的人格。

＊　　　　＊　　　　＊

二〇〇九年春，整個歐洲時裝業的老闆、董事長、總經理們，把精力和目光都集中到了倫敦市中心的時裝藝術宮，在「春季時裝表演大賽」和「夏季新款時裝發佈會開幕式」之後的香檳酒招待會上，聚集了倫敦上層社會各行各界裡最時髦的男女賓客。

英國積佳時裝公司的總經理奎登先生正在和他二十年前的中國翻譯，現在是世界上著名的英籍華人小說家莎樂特‧韓德森女士交談。

奎登顯然在想，不知道是哪一位前衛的造形設計師，是特意要為突出莎樂特的形象而做出了這樣的造形設計，還是那位設計師故意要在這樣的倫敦時裝會和香檳酒宴上讓莎樂特獨出醜相。因為，莎樂特今天的著裝，讓人看著格外地不舒服。她沒有穿傳統的秀麗的中國旗袍。恰如其反，像西方人一樣，她臉上化著濃妝，手上有長長的粉紅指甲，腳上踩著兩寸高跟鞋，身穿十幾歲英國少女的流行裝，佩戴著黑色和白色兩種不同的兩條珍珠項鏈、蔥綠色玉石耳環，左手無名指上帶著閃閃發光的鑽石戒指，右手無名指上帶著碩大的紅寶石戒指。儘管她的形象設計師和她本人都希望在這個特殊的場合裡能給別人留下特殊的印象。結果竟是在此珠光寶色、華美豔麗的群體之中，她的形象確實是與今晚的場合大相逕庭，給人一種雞立鶴群的感覺。顯然，她外表的服飾與內在的空虛是如此協調地表露無疑。在熱烈鼓動性的音樂聲中，大家要交談，就不得不提高講話的音量，只有大聲地講話，才能讓對方聽得到。

奎登正在用詼諧、打趣的語言與莎樂特談笑她的名著《苦瓜心兒》。「如果妳父母親真的有那麼苦的經歷，他們重新上臺掌權以後，就是為了妳來英國為他們申冤報仇才為妳提供這些資料來寫書吧？」

「許多的資料都是我親自從那些受苦受難的人嘴裡得到的，在我回國的日子裡，我可是非常非常的辛苦，幾乎很少有時間休

二手夫人

息和睡覺，大部分的時間都是找人面談、錄音……」莎樂特的辯解還沒有講完，一位穿著高雅的英國積佳時裝公司最新款式，中年服裝的權威型女士，手裡拿著香檳酒杯走了過來。這就是擁有積佳時裝公司股份的公司董事會的副董事長，瑪格麗特·韓德森女士。

瑪格麗特一向是那樣的熱情、友好、爽快和開朗。她高聲說：「方斯，你組織得表演很棒！模特兒們今晚的表演都很賣力，也很出色。我和我的朋友都非常高興地看到公司能有如此成功的產品推上市場！」瑪格麗特欣喜地跟奎登先生主動打了招呼。

奎登先生右手拿著酒杯，他先親吻了瑪格麗特的左面額、再親吻了瑪格麗特的右面額，開心地笑著說：「我能把這位莎樂特·韓德森女士介紹給您嗎？瑪格麗特，這是我二十年前，代表我們的積佳時裝公司在中國開辦合資企業與建廠時的翻譯，現在的著名小說家莎樂特。莎樂特，這是我們積佳公司董事會的副會長瑪格麗特·韓德森女士。當然，妳們的姓不是同一個韓德森吧？我想……」說到此，奎登先生忽然有所悟、他不自在地停下了自己的話。

瑪格麗特馬上笑著接過來說：「我們的姓當然是同一個韓德森。而且，我們已經彼此認識，很早就見過面了。莎樂特，希望妳下一部要著名於世的書，是能夠讓妳對自己的國家、民族和子孫後代引以為自豪的著作，因為我們英國人一向把中國人和中國的著名發明創造及悠久的文明歷史和文化教養聯繫在一起，直到您謾罵中國政府、揭露中國社會黑暗面的著作問世為止，簡直

是舉世都由妳的書開始，我們才對中國有了刮目相看，那就是恥笑和輕蔑。當然，每個國家、政府、社會都有它自己的優點和缺點，這就要看妳是從哪個角度來表現，並且能夠讓妳引以為自豪和光榮。我親自帶孩子們參加了去年在北京的奧運會，妳呢？」沒有想要得到莎樂特的任何回答，瑪格麗特給方斯·奎登一個親切、友好的微笑和飛吻，留給了莎樂特永遠不會忘記的烙印般的輕蔑一瞥，轉身來，與拿著酒杯站在自己的身旁、迫不及待等著跟她打招呼的愛蕊絲談論起時裝發佈會上的新款服裝去了。

　　身穿黑色燕尾服，拿著香檳酒杯的老公爵約翰·高登和湯瑪斯·韓德森正在與幾個男女時裝模特兒興趣盎然、談笑風生地聊天。送酒的服務員在人群中走來走去，為大家斟香檳酒，莎樂特像一個蠟像館裡的活蠟像，只有空空的軀殼、沒有了自己的精神和自己的思想。在此情此景裡，她不得不陪著笑，這種笑，在她的內心，大概比哭還難受……

二手夫人

語言文學類　PG0378

二手夫人

作　　者/李榮榮
責任編輯/林泰宏
圖文排版/黃莉珊
封面設計/陳佩蓉

發 行 人/宋政坤
法律顧問/毛國樑　律師
印製出版/秀威資訊科技股份有限公司
　　　　　114台北市內湖區瑞光路76巷65號1樓
　　　　　電話：+886-2-2657-9211　傳真：+886-2-2657-9106
　　　　　http://www.showwe.com.tw
劃撥帳號/19563868　戶名：秀威資訊科技股份有限公司
　　　　　讀者服務信箱：service@showwe.com.tw
展售門市/國家書店（松江門市）
　　　　　104台北市中山區松江路209號1樓
　　　　　電話：+886-2-2518-0207　傳真：+886-2-2518-0778
網路訂購/秀威網路書店：http://www.bodbooks.tw
　　　　　國家網路書店：http://www.govbooks.com.tw
圖書經銷/紅螞蟻圖書有限公司
　　　　　114台北市內湖區舊宗路二段121巷28、32號4樓
　　　　　電話：+886-2-2795-3656　傳真：+886-2-2795-4100

2010年09月BOD一版
定價：170元
版權所有　翻印必究
本書如有缺頁、破損或裝訂錯誤，請寄回更換

國家圖書館出版品預行編目

二手夫人：李榮榮著. -- 一版. -- 臺北市：
　秀威資訊科技, 2010.09
　　面；　公分. --（語言文學類；PG0378）
　BOD版
　ISBN 978-986-221-544-9（平裝）

857.7　　　　　　　　　　　　　99013892

讀 者 回 函 卡

感謝您購買本書，為提升服務品質，請填妥以下資料，將讀者回函卡直接寄回或傳真本公司，收到您的寶貴意見後，我們會收藏記錄及檢討，謝謝！
如您需要了解本公司最新出版書目、購書優惠或企劃活動，歡迎您上網查詢或下載相關資料：http:// www.showwe.com.tw

您購買的書名：＿＿＿＿＿＿＿＿＿＿＿＿＿＿＿＿＿＿＿＿＿＿＿

出生日期：＿＿＿＿＿年＿＿＿＿＿月＿＿＿＿＿日

學歷：□高中 (含) 以下　　□大專　　□研究所 (含) 以上

職業：□製造業　□金融業　□資訊業　□軍警　□傳播業　□自由業
　　　□服務業　□公務員　□教職　　□學生　□家管　　□其它＿＿＿＿

購書地點：□網路書店　□實體書店　□書展　□郵購　□贈閱　□其他

您從何得知本書的消息？

　　□網路書店　□實體書店　□網路搜尋　□電子報　□書訊　□雜誌

　　□傳播媒體　□親友推薦　□網站推薦　□部落格　□其他＿＿＿＿＿＿

您對本書的評價：（請填代號　1.非常滿意　2.滿意　3.尚可　4.再改進）

　　封面設計＿＿＿　版面編排＿＿＿　內容＿＿＿　文／譯筆＿＿＿　價格＿＿＿

讀完書後您覺得：

　　□很有收穫　□有收穫　□收穫不多　□沒收穫

對我們的建議：＿＿＿＿＿＿＿＿＿＿＿＿＿＿＿＿＿＿＿＿＿＿＿

＿＿＿＿＿＿＿＿＿＿＿＿＿＿＿＿＿＿＿＿＿＿＿＿＿＿＿＿＿＿＿

＿＿＿＿＿＿＿＿＿＿＿＿＿＿＿＿＿＿＿＿＿＿＿＿＿＿＿＿＿＿＿

＿＿＿＿＿＿＿＿＿＿＿＿＿＿＿＿＿＿＿＿＿＿＿＿＿＿＿＿＿＿＿

11466
台北市內湖區瑞光路 76 巷 65 號 1 樓

秀威資訊科技股份有限公司　　　收

BOD 數位出版事業部

....

（請沿線對折寄回，謝謝！）

姓　　名：＿＿＿＿＿＿＿＿＿　年齡：＿＿＿＿　性別：□女　□男

郵遞區號：□□□□□

地　　址：＿＿＿＿＿＿＿＿＿＿＿＿＿＿＿＿＿＿＿＿＿＿

聯絡電話：(日)＿＿＿＿＿＿＿＿＿＿　(夜)＿＿＿＿＿＿＿＿＿＿

E-mail：＿＿＿＿＿＿＿＿＿＿＿＿＿＿＿＿＿＿＿＿＿＿